絶代君臨 절대군림

장영훈 新무협 판타지 소설
FANTASTIC ORIENTAL HEROES

절대군림 6

장영훈 新무협 판타지 소설

초판 1쇄 찍은 날 § 2009년 8월 25일
초판 1쇄 펴낸 날 § 2009년 8월 31일

지은이 § 장영훈
펴낸이 § 서경석

편집장 § 문혜영
편집책임 § 유경화
편집 § 조수희

펴낸곳 § 도서출판 청어람
등록번호 § 제1081-1-89호
등록일자 § 1999. 5. 31
어람번호 § 제2-1806호

주소 § 경기도 부천시 원미구 심곡2동 163-2 서경B/D 3F (우) 420-822
전화 § 032-656-4452 팩스 § 032-656-4453
http://www.chungeoram.com
E-mail § eoram99@chollian.net

ISBN 978-89-251-1911-3 04810
ISBN 978-89-251-1651-8 (세트)

6
FANTASTIC ORIENTAL HEROES
絶代君臨
절대군림
장영훈 新무협 판타지 소설
도서출판 청어람

目次

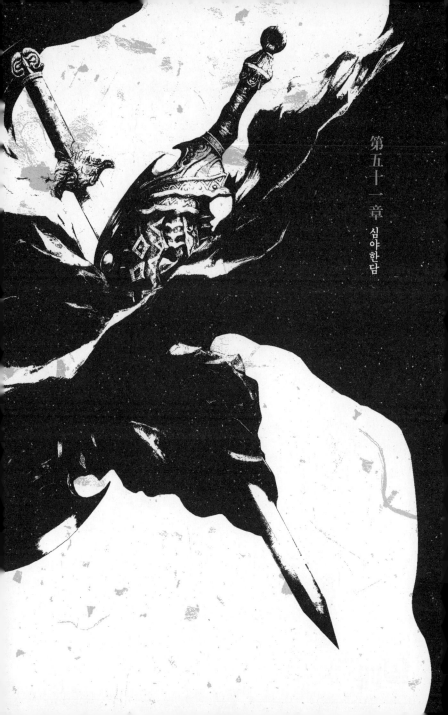

第五十一章 심야한담

絶代
君臨
절대군림

총총한 별빛을 올려다보며 차련은 더없는 행복감을 느끼고
있었다.

　밤하늘이 아름다운 것은 별이 있기 때문이다. 하지만 적어
도 오늘만큼은 암흑천지가 펼쳐진다 해도 아름답게만 보일 것
같았다.

　두근거리는 마음이 도통 진정될 기미가 없었다. 난생처음
남자와 입맞춤을 했고, 처음으로 청혼을 받았다.

　혼인.

　너무나 막연한 일이었다. 언젠가 누군가와 하겠지. 그 언젠
가는 지금이 되었고, 그 누군가는 적이건이 되었다.

적이건의 얼굴이 떠올랐다. 장난기 가득한 얼굴이 이내 진지한 얼굴로 바뀌었다. 웃는 얼굴이 되었다가 다시 화내는 얼굴이 되었다. 그 어떤 얼굴도 다 좋았다. 정말 이렇게 좋아도 되는 걸까란 생각이 들 정도로.

넘치는 행복감은 언제나 불안을 불러오기 마련이다.

문득 북천패가에 생각이 이르렀다. 두려운 마음이 들었다. 너무나 대단해서 마주 보는 것조차 부담스러웠던 임천세가 죽었다는 것이 실감나지 않았다.

한 시진 전, 차련은 아버지와 함께 정검문으로 돌아갔다.

정이추에 대한 걱정에 밥도 제대로 먹지 못하고 기다리고 있던 가족들은 너무나 기뻐했다. 화련과 수련은 대성통곡을 했다. 살아 돌아오신 것만 해도 다행이라 생각했다.

연락을 받은 팔방추괴가 아버지를 치료하기 위해 직접 정검문을 찾아왔다. 다행히 아버지의 상처는 가족들의 걱정만큼 깊지 않았다. 약을 먹고 휴양하면 곧 회복할 수 있다는 말에 안씨는 그제야 참았던 눈물을 쏟았다.

혹시 모를 위험에 대비해 정검문 가족들은 다시 거처를 신풍장으로 옮겼다.

지금 차련이 서 있는 곳도 바로 신풍장의 정원이었다. 그렇게 폭풍처럼 닥쳐왔던 정검문의 위기가 지나갔다.

차련의 시선이 다시 하늘을 향했다.

지금 이 시간에도 북천패가는 정리되고 있었다. 여전히 외부와 일체 통제된 상태였고, 대천회의 고수들은 물론이고 그곳에서 일하던 가솔들까지 질풍대에 의해서 어디론가 이송되었다.

흑풍대가 아니라 질풍대였기에 그들의 목숨이 위험하진 않을 것이다. 듣기로는 일정 기간 붙잡아둔 후 적당한 시기에 풀어줄 모양이었다. 흑풍대까지 개입된 일이었기에 그들로서는 그만하기 다행한 일이었다.

장치구를 비롯한 이십여 명의 군웅들은 신풍장으로 옮겨졌다. 감히 거절하거나 반항하는 이는 아무도 없었다. 팔방추괴는 그들을 좀 더 이용할 생각인 듯 보였다. 아무튼 그들은 아버지의 무죄를 알려줄 가장 중요한 인물들이었다.

차련이 서 있는 그곳으로 누군가 걸어왔다. 어머니 안씨였다.

"고생했다."

"전 아무것도 한 게 없어요……. 적 대협께서 구해주셨지."

사실이었다. 아버지를 위해 자신이 한 것이라곤 발을 동동구른 일밖에 없었다.

"좀 걸을까?"

"그래요."

두 사람이 후원을 나란히 걸었다. 저 멀리 서 있던 청해칠객중 한 명이 정중히 고개를 숙이며 인사를 해왔다. 두 사람도정중히 인사를 건넸다.

한참을 걷던 차련이 이윽고 침묵을 깼다.

"…죄송해요."

"네가 왜?"

"모든 게 나 때문에 생긴 일인 것 같아서."

안씨가 고개를 내저었다.

"너 때문에 생긴 일이 아닐뿐더러, 설령 그렇다고 해도 그건 미안해할 일이 아니다. 우린 가족이지 않느냐? 이 일은 네 일이 아니라 우리 모두의 일이다."

"…엄마."

적이건을 만난 이후, 많은 것을 배우고 깨달았지만 그중에서도 가장 큰 것은 바로 가족에 대한 마음이었다. 예전에는 그저 막연한 소중함이었다. 막연한 사랑이었다. 하지만 이제는 확실히 깨달았다. 가족이 얼마나 소중한 존재였는지. 잃기 전에 그 사실을 깨달은 것이 얼마나 다행스런 일인지 모른다.

후원을 한 바퀴 돌았을 때 안씨가 넌지시 말했다.

"참, 소식 들었다."

"무슨?"

"적 소협이 혼인하자고 했다면서?"

차련의 홍조 띤 얼굴을 쳐다보며 안씨의 미소가 짙어졌다.

"좋은 청년이다."

처음부터 엄마는 적이건을 마음에 들어하셨다.

"딸 훔쳐 가려는 도적놈인데, 뭐가 좋아."

그 말에 안씨가 웃음을 터뜨렸다.

"어차피 도둑맞아야 한다면, 좀 더 괜찮은 도적놈이면 좋지."

"혼인 안 하고 엄마하고 아버지하고 살래."

"그런 어리광은 수련이 하나로 족하단다. 그것도 좋아하는 남자가 생기면 언제 그랬냐겠지만."

이번에는 차련이 웃었다.

"엄마."

차련이 안씨의 팔짱을 꼈다. 엄마의 따스한 체온이 느껴졌다. 언제까지나 이 따스함을 느끼고 싶다. 강해져야 한다. 강한 사람만이 소중한 것을 지킬 수 있다.

문득 언니의 만류가 떠올랐다. 적이건과 사귀면 위험해진다는.

언니의 말은 틀리지 않았다. 꼭 적이건 때문이라고 할 수는 없었지만 분명 적이건과의 만남 이후, 자신도, 가족들도 새로운 운명을 맞고 있었다.

운명은 자신을 어디로 내몰고 있는 것일까?

정말 적이건과 혼인해도 되는 걸까?

적이건의 꿈을 생각하면 그것이 얼마나 위험한 일인지 차련은 이제 정확히 안다. 자신의 행복을 위해서 가족들을 위험에 빠뜨려도 될까?

그런 자신의 마음을 읽었을까?

"련아."

"응?"

"단순하게 생각하렴. 복잡한 문제일수록 답은 단순한 데 있
다는 말 들어본 적 있지?"

차련이 고개를 끄덕였다. 하지만 가족의 삶이 걸려 있는 이
일을 어떻게 단순하게 생각할 수 있단 말인가? 가족이기에 이
해해 달라는, 그 극한의 이기심을 발휘할 수 있단 말인가?

한층 더 어두워진 차련의 표정을 보며 안씨가 말했다.

"그냥 네 마음이 시키는 대로 해. 네가 더 행복해질 수 있는
결정을 내리렴. 그게 진짜 가족을 위하는 길이란다."

"엄마."

"…그게 진짜 가족이란다."

*   *   *

"내일은 한바탕 쏟아지겠어."

양화영의 말에 냉이상과 천무악의 시선이 자연스럽게 하늘
로 향했다. 별빛이 총총한 것이 비가 올 것 같지 않았다.

하지만 분명 내일 비가 올 것이라 냉이상은 확신했다. 근래
들어 날씨에 있어서 양화영의 예측은 틀린 적이 없었다.

차련을 보는 순간, 자신들과의 깊은 인연을 알아차린 그녀
였다. 냉이상은 그녀가 천기를 읽어내고 있다고 확신했다. 어

쩌면 반로환동이 얼마 남지 않았을지도 모를 일이다.

"또 무릎이 쑤시는 겁니까?"

농담으로 물었는데 양화영은 진심인 듯 어깨를 두드렸다.

"어깨 좀 주물러 주게."

"오래 사셔야지요."

냉이상이 양화영의 어깨를 꾹꾹 눌렀다. 양화영이 시원하다며 기분 좋은 표정을 지었다.

"이 사람아, 그게 어디 내 마음대로 되나?"

세 사람이 있는 곳은 양화영의 밭 가장자리에 놓인 평상이었다.

평상에는 술상이 차려져 있었다. 말린 육포와 포근한 달빛이 함께 하는 세 고수의 분위기있는 술자리였다.

"어디 꼬불쳐 둔 공청석유(空淸石乳)라도 없습니까? 술에 타서 한 잔 드시지요."

"그 덕에 한 모금 거드시겠다?"

"혼자 독야청청하면 뭐 합니까? 수발들 후배 하나쯤 있어야지요."

"호미질 한 번 안 하는 게으름뱅이들, 일없네."

듣고 있던 천무악이 피식 웃었다.

양화영과 냉이상을 만난 이후 참으로 많은 것을 경험하고 느끼는 그였다.

마검이란 이름으로 강호를 종횡하며 살아왔던 그였다. 그런 그가 두 사람을 만난 이후 온순해지고 있었다.

만약 두 사람을 만나기 전, 적이건과 싸워 패했다면 재승부를 위해 이를 갈며 절치부심했을 그였다. 하지만 웬일인지 그런 마음이 들지 않았다. 패배감 같은 게 아니었다.

바로 지금 두 사람의 저런 모습 때문이리라. 세속을 초월한 양화영은 행동 하나하나, 말 한마디 한마디에서 어떤 삶의 교훈을 주고 있었다. 그 여유가 자신의 마음을 너그럽게 만들고 있었다. 천무악은 느꼈다. 오히려 이 시기가 지나면 자신의 무공이 더욱 발전하게 될 것이라고. 경지에 이른 고수들의 가르침과 배움은 바로 이런 것이다.

"참, 소식 들으셨지요?"

"뭐? 이건이?"

냉이상의 물음에 양화영이 고개를 끄덕이며 답했다.

"일이 있었다더군."

"그냥 일이 아닙니다. 북천패가 가주가 죽었답니다. 지키던 애들도 꽤 죽고요. 물론 가주를 죽인 사람은 이건이가 아니라고 합니다만."

그에 비해 여전히 태평스런 양화영이었다.

"걱정 안 되십니까?"

"내가 걱정할 일이 있나?"

"천기라도 읽으신 겁니까?"

"내가 그런 걸 어찌 읽누?"

냉이상이 눈을 가늘게 뜨며 양화영을 살폈다. 그녀의 짙은 주름을 보고 있자면 앞으로 일어날 모든 일을 알고 있지 않을까란 생각이 들었다.

"이제 본격적으로 일이 벌어진다 이겁니다."

그러자 양화영이 술잔을 비운 후 밤하늘을 올려다보았다. 그녀의 눈빛은 별빛을 닮아 있었다.

"우린 걱정을 할 게 아니라 결정을 해야 하네."

"결정이라니요?"

냉이상의 표정이 진지해졌다.

"이제 우리의 입장을 확실히 밝혀야 할 때가 온 것 같네."

"입장이라 하시면?"

"이건이를 도울 것인가, 아니면 일절 그 일에 관여하지 않을 것인가."

양화영의 말에 두 사람은 잠시 침묵했다. 적이건의 목표를 생각해 볼 때 신중히 선택할 일이었다. 자신들이 적이건을 돕느냐 마느냐에 따라 결과가 상당히 달라질 것이다. 일인군단이라 불릴 두 사람이었다. 거기에 마검까지 합세한다면, 창천문은 강호의 그 어떤 조직도 갖추지 못한 고수진형을 갖추게 되는 것이다.

냉이상이 슬쩍 양화영의 눈치를 살폈다. 도통 양화영의 생각을 알 수 없었다. 느낌상으로는 분명 적이건을 돕고 싶어할 것 같긴 한데.

세 사람이 말없이 술잔을 비웠다.

의외로 가장 먼저 결론을 내린 사람은 천무악이었다.

"저는 두 분 결정에 따르겠습니다."

그에 비해 냉이상은 입장이 좀 복잡했다. 바로 적수린 때문이었다.

양화영의 잔을 채워주며 냉이상이 담담히 물었다.

"수린이는 어떻게 한답니까?"

"일단 지켜보겠다고 했다지?"

"흐음."

"그래도 둘 사이가 조금 나아진 모양이야."

"그건 다행입니다만."

그렇다고 적수린이 적이건의 뒤를 밀어주겠다는 뜻은 아니었다. 자신이 아는 적수린은 강호제패와는 거리가 먼 사람이었다. 적이건이 선을 넘는 순간, 그가 나설 것이다. 결국 자신이 적이건의 뒤를 밀어주는 일은 아무래도 적수린이 반길 일은 아니란 결론이었다.

한데 양화영이 뜻밖의 말을 꺼냈다.

"수린이는 신경 쓸 필요가 없지."

"네? 그게 무슨 말씀이십니까?"

"지켜보겠다는 말이 뭐겠는가?"

"그야 막지도, 돕지도 않겠다는 뜻 아닙니까?"

"이건이가 빤히 자신의 뜻을 밀어붙일 것을 알면서?"

그래도 자신의 말뜻을 모르겠냐는 얼굴로 양화영이 빤히 냉이상을 쳐다보았다.

"그래도 수린이 성격으로 볼 때……."

그러자 양화영이 말을 끊으며 단정적으로 말했다.

"이번 일은 애초부터 중립의 입장이란 존재하지 않네."

"그건 또 왜 그렇습니까?"

"…자식의 일이니까."

"……!"

양화영의 말이 가슴에 확 와 닿았다.

"그러니까 결국 수린이는 내심 이건이를 돕고 싶어한다는 말씀이십니까?"

"어느 부모가 자식의 앞길을 막고 싶겠나? 다만 겉으로 드러내 놓고 밀어줄 수는 없는 입장이니 조심스러운 거지. 제 부모도 마음에 걸릴 테고."

천마신교의 강호독패를 막기 위해 은거를 깬 질풍세가였다. 그 질풍세가의 핏줄인 자신의 아들이 강호제패를 하겠다고 나섰다. 난처한 일인 것은 확실했다.

말없이 듣고 있던 천무악 역시 고개를 끄덕여 양화영의 의견에 동조했다. 적수린의 가치관은 그가 이번 일을 지켜보겠다는 말을 꺼낼 때, 이미 앞으로의 상황과는 아무 관계가 없는 것이 되었다. 결국 이번 일은 협객과 패웅의 입장이 아닌 부모 자식 간의 일이 되어버린 것이다.

잠시 침묵이 흘렀다.

냉이상이 진지하게 물었다.

"저희가 돕는다면 이건이가 해낼 수 있을까요?"

그러자 양화영이 피식 웃었다.

"왜? 마지막 불꽃을 한 번 피워보고 싶은가?"

"못할 것도 없지요."

농담처럼 대답했지만 사실 반쯤 진심이기도 했다. 이십 년을 적수린을 지켜주는 데 인생을 보냈다. 이제 그의 나이도 일흔이 넘었다. 가끔 그런 생각을 한다. 자신의 삶이 얼마나 남았을까?

기왕 돕는다면 제대로 화끈하게 돕고 싶었다.

꽈르릉! 쿵쿵! 이 강호에 벽력 한 번 제대로 치고 싶었다. 적이건의 창천문을 위해 마지막 한 몸 불사른다는 것, 나쁘지 않다고 생각했다.

양화영이 진지하게 말했다.

"우리가 목숨을 건다 해도 이건이의 천하일통은 불가능하네."

냉이상과 천무악이 잠시 침묵했다.

이번에는 천무악이 물었다.

"역시… 천마께서 계시기 때문입니까?"

양화영이 묵묵히 고개를 끄덕였다.

냉이상은 조금 의외란 생각이 들었다. 자신이 생각하는 양화영은 천마조차도 이길 수 있지 않을까 생각해 왔던 것이다.

"그럴 마음은 전혀 없네만, 내가 마음을 돌려먹고 진짜로 교주와 겨룬다 해도… 교주의 천마혼을 상대할 수가 없네."

"어째서입니까?"

냉이상이 물었다.

"…내가 마인이기 때문이지."

양화영의 대답은 많은 것을 담고 있었다.

"구화마공은 절대마공. 마공의 가장 정점에 있는 지존무공이지. 그 절대마공의 극의를 깨달을 때 천마혼을 부를 수 있지. 마공을 익힌 자는 절대 천마혼의 뜻을 거스를 수 없다네."

그렇게 무서운 구화마공이었다. 하지만 그 구화마공도 결국 질풍세가의 무공에 막혔다.

"하면 질풍세가는 어떻습니까?"

"그는 정말 강하지."

양화영은 더 이상 아무 말도 하지 않았다. 그때 냉이상은 느꼈다. 양화영의 다음 말은 이런 것일 것이다.

'하지만 나는 더 강하다네.'

그녀에게서 질풍세가의 가주를 능가할 자신감을 느꼈다.

천마라 할지라도 질풍세가의 가주와 승부는 장담할 수 없고, 그 질풍세가의 가주는 자신에게 이길 수 없다는. 이것이 바로 물고 물리는 무공의 오묘한 관계일 것이다.

다시 술잔이 돌았다. 벌써 세 병째 술이 비고 있었지만 모두들 취기를 느끼지 못했다.

양화영이 담담히 말했다.

"천하제패는 힘들어도… 하나의 문파로 우뚝 서는 것은 가능하겠지."

깊은 뜻이 담긴 말이었다. 냉이상도, 천무악도 그녀의 말을 한 번에 알아들었다.

냉이상이 양화영을 응시하며 물었다.

"이 강호에 창천문 같은 문파가 하나쯤 있어도 좋겠지요."

자신의 뜻을 냉이상이 알아주자 양화영이 활짝 웃었다.

"그 일의 최전방에는 자네가 나서야 할 것이야."

냉이상이 대답 대신 술잔을 비웠다.

양화영과 천무악은 마인들이었다. 정마대전 이후 정사마의 개념이 조금 흐릿해진 강호였다. 하지만 여전히 마교에 대한 일반인들의 공포와 혐오는 여전했다. 두 사람이 전면에 나설 수 없는 일이었다.

최전방에 나선다는 것. 그것은 말처럼 그렇게 단순하고 쉬운 일이 아니었다.

강호에 알려진 자신의 명성을 생각해 볼 때, 강호를 발칵 뒤집을 일이 될 수도 있었다. 냉이상 자신의 인생에도 큰 변화를 줄 일이기도 했다.

잠시 숙고하던 냉이상이 묵묵히 고개를 끄덕였다.

"제가 앞장서겠습니다."

"그래 주시겠나?"

자신을 바라보는 양화영의 깊은 눈을 보며 냉이상이 피식 웃었다. 양화영은 그런 자신의 마음속 구석구석 다 알고 있을 것이다.

"선배께서도 도와주셔야 합니다."

"뭐, 자네가 나서는데… 나까지 도울 일이 있을까?"

결국 돕겠다는 뜻이었다.

냉이상의 시선이 슬쩍 천무악을 향했다. 천무악이 묵묵히 고개를 끄덕였다. 긍정의 대답이었다.

세 사람의 술자리는 밤늦도록 계속되었다.

＊　　　＊　　　＊

적수린과 유설하는 자신들의 거처에서 창밖의 밤하늘을 올려다보고 있었다. 차련을 비추고 세 고수를 비추던 그 별빛은 여전히 아름답게 반짝이고 있었다.

"잘하셨어요."

유설하의 말에 적수린이 대답 대신 가볍게 한숨을 내쉬었다.

유설하가 가만히 그의 팔짱을 끼었다. 말하지 않아도 남편이 어떤 마음인지 알 수 있었다.

"어르신들도 계시니 너무 걱정하지 않으셔도 될 거예요."

적수린이 묵묵히 고개를 끄덕였다. 그 역시 양화영과 냉이상을 믿고 있었다. 사실 그들이 있었기에 그런 결정을 내릴 수도 있었다.

또 다른 이유는 적어도 자신의 아들이 해서는 안 될 일까지 하지는 않을 것이란 믿음 때문이었다. 그렇다고 해도, 마음에 걸리는 일이 한둘이 아니었지만.

유설하가 복잡한 남편의 심정을 달랬다.

"우린 오랜만에 강호에 나왔는데, 신나게 즐기자고요."

"하하하! 그럽시다. 하고 싶은 것이 뭐가 있소?"

"다 말씀드리면 놀라실걸요?"

"하하! 내 다 들어주겠소."

"오랜만에 나찰로 돌아가서… 우선 소림부터 박살 내러 갈까요?"

"좋소! 내 앞장서리다!"

적수린이 당장이라도 달려나가려는 시늉을 했다. 유설하가 소녀처럼 깔깔 웃었다.

"우리 앞으로 강호절경도 보러 다니고, 중원 곳곳에 별미도 찾아다니고, 그렇게 살아요."

"그럽시다."

유설하가 행복한 얼굴로 다시 밤하늘을 올려다보았다.

딱 이대로만.

그녀의 솔직한 심정이었다.

유설하가 적수린을 돌아보았다. 그녀가 조금 진지한 얼굴로 말했다.

"그전에 한 가지 의논해야 할 일이 있어요."

적수린은 유설하의 표정에서 그게 무엇인지 짐작했다. 부모님께 인사를 드리러 가는 문제일 것이다.

"인사드리러 가는 문제라면… 장인어른께 먼저 갑시다."

"여보?"

"딸을 데려다 고생만 시켰는데, 먼저 찾아뵙고 인사드리는 것이 마땅한 일이 아니겠소?"

고마운 말이었지만 유설하는 마음이 편치 않았다.

유설하 입장에서는 질풍세가로 먼저 인사를 드리러 가고 싶었다. 정상적인 혼인을 한 것이 아니었기에 어떻게 해야 할지 감이 서지 않았다.

"저는 아버님을 먼저 찾아뵈었으면 해요."

그러자 적수린이 고개를 내저었다.

물론 이십 년 만에 돌아와서 천마신교에 먼저 인사를 하러 갔다고 하면 크게 실망하실지도 모를 일이었다.

하지만 아버지는 결국 이해해 주실 것이다. 그 이해의 폭이 천마보다는 자신의 아버지가 더 크다고 생각했다. 물론 그런 생각은 유설하에게 말할 수는 없는 민감한 부분이었다.

"이번 일은 내게 맡겨주시오."

적수린의 단호한 태도에 결국 유설하는 고개를 끄덕이고 말았다.

적수린이 다시 화제를 돌렸다.

"그나저나 건이 녀석, 그 많은 사람들 앞에서 그런 짓을 저질렀으니."

적수린이 한숨을 내쉬었다.

유설하가 미소를 지었다.

"건이는 진심이에요."

"그래도 그렇지. 정 문주께서 크게 노하지나 않으시면 좋겠구려."

"그렇지는 않을 거예요. 워낙 마음이 넓으신 분이니까요."

"그래서 더 걱정이오. 그럴수록 더 잘해야 하거늘."

"잘할 거예요. 기왕 믿으시기로 한 것 확실히 믿어주세요."

적수린이 고개를 끄덕였다. 그럴 참이었다. 앞장서 밀어주진 못하더라도 마음으로라도 응원할 것이다.

사실 유설하나 적이건이 오해하는 것이 있었다. 자신이 아들이 협객의 삶을 살기를 바란다고 생각하는 점이었다.

솔직히 적이건이 자신과 같은 삶을 살기를 바라지 않았다. 평범한 삶이라도 좋다. 그저 건강하고 행복하게 살아주기를 바랄 뿐이었다. 단지 이 부분에 대해 서로 말을 할 기회가 없었을 뿐이었다.

유설하가 적수린의 손을 다정히 잡았다.

"남은 시간은 이제 우릴 위해 써요."

　　　　*　　　　*　　　　*

　"저는 괜찮습니다."

　무영은 언제나처럼 밝게 웃었다. 연섭사와의 혈전과 이후 추격전으로 인해 부상이 심각했던 무영이었다. 다행히 팔방추괴의 적절한 치료로 고비를 넘긴 상태였다.

　침상에 반쯤 몸을 일으켜 앉은 그를 적이건이 억지로 눕혔다.

　"괜찮다니까요."

　"알아. 그래도 쉬어."

　무영이 결국 다시 누웠다. 걱정 가득한 적이건의 표정에 미안한 마음이 들었다. 자신을 위하는 적이건의 마음을 누구보다 잘 아는 그였다.

　"약은?"

　"먹었습니다."

　적이건이 침상 끝에 걸터앉았다.

　"북천패가 일은 어떻게 돼가고 있습니까? 제가 나서서 처리해야 하는데."

　무영이 다시 몸을 일으키려다 적이건의 눈빛에 다시 누웠다.

　"일단 흑풍대와 질풍대 쪽에서 처리하고 있다."

"그들이요?"

"그래. 일단 개입을 했으니."

무영이 고개를 끄덕였다. 이번 일은 적이건만의 일이 아니었다. 자신들의 정체가 밝혀질 수도 있기에 그들의 개입은 당연했다.

"이제 어떻게 하실 작정이십니까?"

"팔방 군사를 이리로 불렀어. 오면 함께 의논해 보자고."

임천세의 죽음은 예상치 못했던 일이었다. 원래 적이건과 무영의 계획은 좀 더 은밀히 북천패가를 갉아먹을 작정이었다. 하지만 임천세가 정검문을 건드리면서 일이 급박하게 흘러갔고, 이제 새로운 국면이 펼쳐진 것이다.

적이건이 불쑥 말했다.

"차련이에게 청혼했다."

"네? 정말이십니까?"

무영이 기쁜 얼굴로 벌떡 몸을 일으켰다.

"그래서 어떻게 되었습니까?"

"뭘 어떻게 돼? 그냥 그랬다는 거지."

"정 소저가 뭐라 대답했냐는 말입니다. 승낙했습니까?"

"뭐 아직."

무영은 마음이 들떴다. 마치 자신이 청혼한 기분이었다. 어떤 면에서 적이건은 자식 같은 존재였다. 실제로 적수린과 유설하보다 더 많은 시간을 적이건과 함께해 온 무영이었다.

"흐흐흐. 불안하시군요."

"그럴 리가!"

무영은 두 사람이 참으로 잘 어울린다고 생각했다. 처음에는 그저 적이건이 좋아하기 때문에 차련에 대한 감정이 좋았다. 하지만 보면 볼수록 차련이 괜찮은 여자란 생각이 들었다.

"잘하셨습니다. 강호를 다 뒤져 봐도 그런 여자, 없습니다."

"뇌물이라도 받았어?"

"절대 놓치지 마십시오."

"결과는 내게 달린 게 아니지."

이미 적이건은 마음을 굳혔다는 말로 들렸다. 하긴 그랬으니 청혼을 했을 것이다.

"정 소저도 같은 마음이실 겁니다."

"그럼 좋겠지만."

두 사람이 마주 보며 기분 좋게 웃었다.

그때 팔방추괴가 안으로 들어왔다. 정이추를 치료한 후 곧바로 돌아온 길이었다.

"정 문주는?"

"한동안 치료하면 완치될 겁니다."

"다행이군."

적이건이 안도의 한숨을 내쉬었다. 무영 역시 안도했다. 자신을 구하기 위해 한발 늦게 달려간 적이건이었다. 정이추 일가에게 무슨 일이라도 생겼다면 자신은 그 책임에서 자유로울 수 없었다. 정말 자신을 위해서도 다행한 일이었다.

"아, 그리고 신풍대 말입니다. 창천문 이름하의 공개 모집으로는 계획한 시간 내에 저희가 원하는 숫자를 구할 수 없다고 판단됩니다."

일차로 모집할 인원이 천 명이었다. 그냥 머릿수만 맞추려면 좋은 조건으로 공개모집하면 모을 수 있겠지만 기본이 된 무인들을 갖추려면 아무래도 힘들다고 팔방추괴는 판단했다.

"그래서 창월단 전원을 동원했습니다. 중원 전역에 걸쳐 쓸 만한 무인들을 모집해 오도록 명령을 내렸습니다. 저희가 내건 조건이 워낙 좋기 때문에 최대한 빠른 시간에 좋은 소식이 있을 겁니다."

"잘했어."

팔방추괴의 표정이 한층 더 진지해졌다.

"임천세가 죽은 이 시점, 바로 지금이 중요합니다. 북천패가는 이십칠문(二十七門) 사십사가(四十四家) 오십이장(五十二莊)으로 구성된 거대한 연합체입니다. 임천세가 죽었다고 북천패가 자체가 사라지진 않습니다."

팔방추괴의 말처럼 북천패가는 거대한 조직이었다. 임천세의 죽음은 그들 구성원에게 크나큰 충격을 안겨줄 것이다. 하지만 그렇다고 북천패가 자체가 사라지는 것은 아니었다.

"이변이 없는 한 임하기가 그 자리를 물려받을 겁니다. 북천패가 내에 아직 확고한 지지기반이 없지만 공식적인 후계자인

만큼 결과는 변하지 않을 겁니다."

팔방추괴의 계획이 이어졌다.

"저희가 선택할 수 있는 방법은 크게 세 가지입니다. 첫째, 임천세가 사라진 북천패가를 힘으로 빼앗는 겁니다. 기습적으로 쳐들어가서 항복을 받아내는 거죠. 장점은 깔끔하게 처리해 버릴 수 있다는 것이고 단점은 반발이 심해 희생자가 많이 나올 겁니다."

적이건이 단호하게 고개를 내저었다.

"내 취향이 아냐. 더구나 아직 우린 전면전을 할 준비가 되어 있지 않아."

무영이 고개를 끄덕였다. 무작정 두들겨 부셔서 뺏는 것은 확실히 적이건의 취향이 아니었다. 그 과정에서 숱한 피를 흘려야 할 것이다.

"두 번째 방법은 이대로 손을 떼는 겁니다."

"그냥 손을 떼?"

"네. 저희는 저희대로 세력을 만들어가는 겁니다."

"임천세가 죽었어. 임하기가 그냥 있지 않을 텐데?"

"그렇겠지요. 하지만 임하기는 북천패가 내에 확고한 지지 기반이 없습니다. 자체적인 정비를 하기에 바쁠 겁니다. 게다가 남악련을 비롯한 천하사패들이 그냥 있지 않을 겁니다. 사실 임천세가 죽은 것에 가장 빨리, 가장 크게 반응할 쪽은 북천패가가 아닙니다. 바로 남악련을 비롯한 천하사패입니다. 임하기가 후계자가 되었을 이 기회를 어떤 식으로든 놓칠 자들이 아닙니다. 결국 임하기는 저희에게 복수를 할 여유는 없을 겁니다. 뭐, 복수를 한다고 덤벼도 당할 저희도 아니지만요."

적이건이 묵묵히 고개를 끄덕였다. 뭔가 흡족한 표정이 아니었다.

"세 번째는 뭐지?"

"북천패가를 전략적으로 일부만 흡수하는 겁니다."

"일부만 전략적으로 흡수해?"

적이건이 고개를 갸웃했다.

"첫 번째 선택과는 분명 다른 의미입니다."

"쉽게 말해봐."

"북천패가는 이렇게 구성되어 있습니다."

팔방추괴가 손가락 세 개를 폈다가 다시 네 개를, 그리고 다시 세 개를 폈다.

"삼사삼, 삼 할은 임천세의 열렬한 지지자들입니다. 북천패가의 모든 일에 먼저 나서고 앞장서 왔습니다. 사 할은 중도파입니다. 열렬하진 않지만 그렇다고 불만도 없습니다. 나머지 삼 할은 반대파입니다. 겉으로 내색은 하지 못하지만 북천패가에 대해 불만을 지닌 이들입니다. 북천패가가 하남, 산서, 하북, 산동의 패권을 얻을 때 대부분 무력을 사용했습니다. 당시 자파의 희생이 큰 이들이기도 합니다. 어쩔 수 없이 북천패가에 흡수되었지만 제자와 문도를 잃은 그 원한을 쉽게 잊을 수 있겠습니까? 한마디로 북천패가는 그 지배자가 설령 남악련으로 바뀌어도 상관이 없는 이들이 칠 할이나 된다는 뜻입니다. 그건 남악련이나 흑도방, 풍운성도 비슷한 상황입니다. 천하사패가 혈맹의 성격이기보다는 이익집단의 성격에 가깝기 때문이지요. 게다가 고작 이십 년의 역사입니다. 결집력이 약한 것은 당연한 일입니다."

"그 반대파들을 모두 흡수하자?"

"네. 바로 그겁니다. 그들만 흡수한다 해도 저희는 엄청난 전력을 얻게 될 겁니다."

"그들의 성향은 어때?"

"오히려 나쁘지 않습니다. 북천패가는 이익을 추구하는 패권집단, 그에 대해 불만을 지닌다는 것 자체가 그들의 성향을 말해주는 것이니까요. 대부분 뿌리 깊은 정통정파들이 대부분입니다."

적이건과 무영이 마주 보며 고개를 끄덕였다.

천하제패를 목표로 한다면 자신의 문파만 강해진다고 되는 일이 아니었다. 세상 돌아가는 일을 알아야 했다. 드넓은 중원 곳곳에 자신의 세력이 있어야 했다. 정도맹이나 천마신교가 각 지역에 분타를 두는 이유도 그와 같았다.

팔방추괴가 다시 중요한 이야기를 꺼냈다.

"그리고 저희는 그 삼 할만 흡수해야 합니다. 더 많이도 필요없습니다."

"왜지?"

"당분간 북천패가는 건재해야 하니까요. 북천패가가 건재하지 않으면 남악련을 비롯한 다른 사패들의 공격을 누가 감당하겠습니까?"

팔방추괴는 남악련을 비롯한 사패가 임천세의 죽음을 그냥 두고 보지 않을 것이라 확신했다.

임하기의 북천패가가 건재하면서 남악련을 비롯한 사패와 싸움을 벌인다. 그사이 자신들은 빼먹을 수 있는 알맹이만 최대한 빼먹는다. 그게 바로 팔방추괴의 작전이었다.

적이건이 눈을 반짝이며 무영을 돌아보았다. 눈빛으로 무영의 생각을 물었다.

"아주 좋은 생각인 것 같습니다."

무영의 대답에 적이건이 씩 웃었다.

"좋은 정도가 아니야. 아주 훌륭해! 역시 대창천문의 대군사다운 멋진 생각이야."

적이건이 얼굴에 금칠을 해주자 팔방추괴가 머쓱하게 웃었다. 적이건에게 인정받자 내심 기분이 좋았다.

"물론 생각처럼 쉬운 일은 아닐 겁니다."

"그렇겠지."

"좀 더 쉽게 상황을 만들 방법이 있습니다."

팔방추괴가 의미심장한 눈빛으로 말을 이었다.

"임하기가 한발 앞서 본단으로 돌아갔다고 들었습니다."

"그렇다더군."

"지금 당장 추격해 그를 잡아야 합니다."

"그놈을?"

"네. 놈이 필요합니다. 그리고 이번 일은 최대한 빠른 시간 내에 승부를 지어야 합니다."

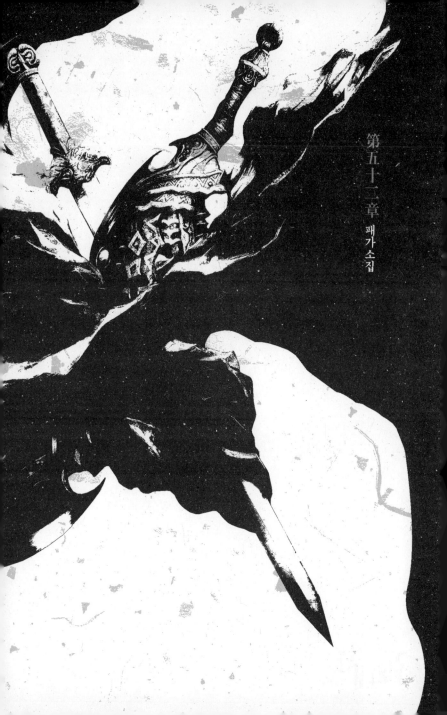

第五十三章 패가소집

絶代
君臨
절대군림

"빌어먹을!"

임하기가 탁자 위에 있던 술병을 신경질적으로 집어 던졌다.

쨍강!

술병이 객잔 바닥에 산산조각나면서 흩어졌다.

시중을 들던 시비가 사색이 되어 안절부절못했다. 한 번 성질이 나면 주체할 수 없을 정도로 감정을 폭발시키기 때문에 임하기에게 얻어맞아 불구가 된 시비가 한둘이 아니었다.

퉁퉁 부어오른 얼굴로 임하기가 차갑게 내뱉었다.

"그 개 같은 년을 찢어 죽였어야 했는데."

분노의 대상은 유설하였다. 할아버지인 임천세에게 뺨을 맞은 것도 여태껏 가슴에 품어둔 그였다. 그런데 유설하에게 그야말로 정신을 잃을 때까지 얻어맞았으니 그의 분노는 극에 달한 상황이었다. 용봉경매장에서의 수모가 채 잊혀지기도 전에 당한 일이었다.

"술 가져와!"

시비가 객잔 주방으로 달려갔다. 휘장 밖으로 눈치만 살피던 객잔의 숙수가 깜짝 놀라 술을 챙겼다.

임하기 일행은 객잔을 통째로 전세낸 상황이었다. 임하기를 호위하는 이들은 바로 북천패가의 내전을 지키는 호신일가의 무인들이었다.

그들을 통솔하는 이가 바로 호신일가주 공손하(公孫河)였다.

공손하는 임하기의 성격이 왜 저렇게 삐뚤어졌는지 잘 알고 있었다.

원래 북천패가의 후계자는 임하기의 아버지인 임천호였다. 임천세는 온갖 애정을 다해 임천호를 키웠는데, 임천호는 타고난 재능이 떨어졌다.

결국 그는 부친인 임천세의 기대감과 압박감을 견디지 못했다. 한 잔, 두 잔, 술로 현실을 도피했다. 술에 의존하면 할수록 점점 더 실수를 많이 하게 되었고 점점 더 임천세의 눈 밖에 나게 되었다. 그 괴로움을 잊기 위해 임천호는 점점 더 술에 중

독되었다. 그야말로 악순환의 연속이었다.

결국 임천호는 이십대의 젊은 나이로 술에 취한 채 주루에서 칼에 찔려 죽었다. 뒷간 앞에서의 단순한 시비였고, 당시 그를 지키던 호위무사들이 다섯이나 있었지만 일이 그렇게 되려고 그랬는지 그를 호위하던 이가 잠시 기녀에게 한눈을 팔고 말았다. 칼부림은 그야말로 순식간에 벌어졌다.

뒤늦게 호위무사들이 달려들어 시비가 붙은 자를 죽였지만 끝내 임천호를 살려내진 못했다. 결국 임천호를 호위했던 무인들 모두 그 책임을 물어 죽음을 당했다.

임하기는 그가 남긴 유일한 핏줄이었다.

임천세는 임천호를 먼저 보낸 후 마음이 아팠다. 결국 그 상실감은 손자에 대한 과잉보호로 이어졌다. 결국 임하기는 안하무인으로 자라게 된 것이다.

와장창!

제 성질을 못 이긴 임하기가 탁자를 뒤집었다.

공손하가 천천히 임하기에게 다가갔다.

"이만 들어가 주무시죠."

"뭣?"

임하기의 눈이 대번에 쭉 찢어졌다. 취기로 달아오른 그를 건드는 것은 그다지 현명한 일이 못 되었지만 그렇다고 이 난장을 계속 지켜볼 수는 없었다.

"그대도 날 무시하는군."

"아닙니다."

"하긴. 사내자식이 계집에게 쳐 맞고 이 꼴이 되었는데 어찌 무시하지 않을 수 있겠어?"

"그 여인의 내력이 보통이 아니었습니다."

공손하는 확실히 임하기를 다룰 줄 알았다. 호위를 담당하는 그였기에 어려서부터 임하기를 가까이서 접해온 덕분이었다.

"그렇지?"

"네. 저라도 당해내지 못했을 겁니다."

"정말? 정말 그 정도인가?"

"상당한 고수였습니다."

임하기를 달래기 위해 하는 말이기도 했지만 실제로도 그렇게 생각하고 있었다. 그 역시 유설하에게서 말로 표현할 수 없는 어떤 섬뜩한 느낌을 분명 받았다.

"가주님께서 알아서 처리해 주실 겁니다."

임하기가 마음이 조금 풀어졌는지 옆 탁자에 앉았다.

"함께 한 잔만 하지."

"전 괜찮습니다."

그때 객잔 안으로 누군가 들어섰다. 입구에 있던 무인 둘이 막아섰다.

"오늘 영업은 끝났소. 딴 곳을 찾으시오."

그러자 상대가 겁없이 말했다.

"한 잔만 하자고."

임하기가 돌아보지도 않고 버럭 소리쳤다.

"꺼지라고 하잖아!"

그러다 문득 그 목소리가 귀에 익다는 것을 깨달았다. 임하기가 벌떡 자리에서 일어났다.

"설마? 잠깐 비켜봐!"

임하기의 말에 무인들이 살짝 옆으로 비켜섰다. 임하기를 향해 손을 흔드는 이는 바로 적이건이었다.

"나야, 나. 너 찾느라고 땀 좀 흘렸네."

임하기가 벌떡 자리에서 일어났다.

"너 이 자식!"

"한잔하면서 얘기 좀 할까?"

임하기의 얼굴이 완전 굳어졌다. 이윽고 그의 입가에 야릇한 미소가 지어졌다.

'잘 걸렸다, 이 새끼.'

안 그래도 조만간 찾아가서 죽일 작정이었다.

"이리로 오라고 해."

그러자 공손하가 정중히 말했다.

"후일 본가로 찾아오게 하시지요."

"아냐, 괜찮아."

공손하는 왠지 불안한 마음이 들었다. 적이건과의 좋지 못한 관계는 대충 들어서 알고 있었다. 임하기를 저렇게 만든 사람도 바로 저 적이건의 어미라 들었다.

그런 자가 이곳에 제 발로 걸어 들어온다?

분명 뭔가 믿는 구석이 있을 것이다. 공손하가 수하들에게 주의를 늦추지 말라고 눈짓을 보냈다. 수하들이 언제라도 적이건을 공격할 수 있도록 자리를 잡았다.

그사이 성큼성큼 걸어온 적이건이 임하기 앞에 마주 앉았다.

"얼굴 많이 상했네? 싸웠어?"

임하기가 이를 바득 갈았다. 마음속에서 살심이 치솟았다.

적이건이 탁자를 두드렸다.

"여기 잔하고, 안주도 새로 내오고."

한옆에서 눈치를 보고 있던 점소이에게 임하기가 고개를 끄덕였다.

술과 안주가 다시 차려지는 사이, 임하기는 어떻게 적이건을 죽일 것인가를 고민했다. 제아무리 천룡대전의 우승자라 할지라도 호신일가의 무인들을 모두 상대할 수 없다고 그는 확신했다.

공손하가 들으면 크게 섭섭할 생각이었다. 호신일가 무인들이 모두 죽더라도 적이건만 죽여 버리면 된다는 생각이었으니까.

"왜 날 찾아왔지?"

"소식 전할 것도 있고, 사업적으로 나눌 이야기도 있고."

"무슨 개소리를 하려는 것이냐?"

"먼저 소식부터 전하지. 미안하고 안된 이야긴데… 네 할아버지께서 돌아가셨다."

"뭐?"

너무 충격적인 소식이라 임하기는 잠시 멍한 상태였다.

"바, 방금 뭐라고 했지?"

"이제부터 네가 북천패가의 주인이라고."

꽈앙!

임하기가 탁자를 내려쳤다. 탁자가 부서지며 술병과 안주가 담긴 그릇들이 떨어져 깨어졌다.

적이건은 여전히 자리에 앉아 임하기를 응시했다. 침착하고 태연한 모습이었다. 장난기라곤 찾아볼 수 없는 그 눈빛을 보며 임하기의 가슴이 덜컥 내려앉았다.

'설마? 말도 안 돼!'

이내 절대 그럴 리가 없다는 생각이 들었다. 자신의 할아버지가 누구던가? 북천패가란 대가업을 이룬 절대고수이자 일대영웅이었다.

비웃음 가득한 얼굴로 임하기가 나직이 내뱉었다.

"미친 새끼."

그에 비해 여전히 적이건은 진지했다.

"사실이야."

임하기가 비웃으며 물었다.

"좋아, 그렇다면 도대체 누구 소행이지?"

"장인화."

잠시 어리둥절한 표정을 짓던 임하기가 웃음을 터뜨렸다.

"푸하하핫!"

잔뜩 긴장했던 마음이 한 번에 풀어졌다.

임하기가 놀리듯 말했다.

"설마 그 장심방의 장인화를 말하는 것이냐?"

적이건이 고개를 끄덕였다.

"장심방이 무너지고 실종된 그녀가 우리 할아버지를 죽인 흉수라고? 크하하하!"

"실종된 것이 아니야. 네 할아버지가 거뒀지."

"뭐?"

"장인화는 기녀보다 못한 신세로 네 할아버지의 노리갯감이 되었지. 사실 장 소저에게 한 짓을 생각하면 죽어도 할 말이 없지."

"더 들어줄 수 없군."

임하기가 자리에서 일어났다. 공손하를 보며 명령을 내렸다.

"죽여 버리세요!"

임천세가 죽었다는 말을 꺼낸 것만으로도 죽을죄임은 분명했다.

하지만 그 순간, 공손하는 아주 잠시 망설였다. 불쑥 '왜?'

냐는 의구심이 치솟은 것이었다. 왜 적이건이 이곳에 나타나 이런 말도 안 되는 헛소리를 지껄여 댄 것일까? 아무리 생각해도 이해할 수 없는 일이었다.

그런 의문을 가지게 된 것은 장인화를 언급했기 때문이었다. 임하기는 장인화가 아방궁에 끌려와 있다는 것을 몰랐지만 공손하는 그 사실을 알고 있는 몇 안 되는 이들 중의 하나였다. 적이건이 그 사실을 알고 있다는 것이 마음에 걸렸다.

'놈이 어떻게 알아낸 것이지?'

몇 가지 불길한 생각이 스쳐 지나갔다. 하지만 이내 임하기와 비슷한 이유로 불안감을 떨쳐 냈다. 임천세가 어떤 인물인데.

공손하가 손짓하자 무인들이 천천히 적이건을 포위하며 접근해 왔다.

여전히 적이건은 의자에 앉아 있었고, 임하기는 뒤로 멀찍이 물러섰다.

공손하의 옆에서 임하기가 싸늘히 말했다.

"넌 이제 죽었어."

"쟤들 믿고 그러는 거야?"

"그렇다면?"

"믿을 만한 부하라면 나도 좀 있지."

그 말이 끝나는 순간.

와장창!

사방의 창문과 지붕을 부수며 무인들이 난입했다. 송철영이 이끄는 신풍대의 무인들이었다.

적이건이 씩 웃었다.

"실전 훈련도 시킬 겸 데리고 나왔지."

임하기의 얼굴이 사색이 되었다. 상대의 숫자가 한둘이 아니었다.

앞장선 사람은 송철영이었다.

그가 허공을 날라 검을 휘둘렀다. 막아선 호신일가 무인의 검이 부러졌다.

퍽! 퍼억!

송철영의 발길질에 호신일가 무인 둘이 탁자를 부수며 쓰러졌다.

공손하가 검을 뽑아 달려나가며 소리쳤다.

"공자님을 지켜라!"

신풍대와 호신일가 무인들이 격돌했다.

신풍대 무인을 향해 몸을 날리는 공손하를 송철영이 막아섰다.

공손하는 긴장했다. 방금 전, 송철영이 자신의 수하를 제압하는 그 한 수는 실로 절묘했던 것이다.

적이건에게 대환단을 받아 복용한 후, 송철영의 내력은 이전과는 비교할 수 없을 정도로 늘어나 있었다. 게다가 밤낮을 가리지 않는 훈련으로 그의 감각은 시퍼런 칼처럼 날이 서 있었다.

창창창!

송철영과 공손하의 검이 허공에서 불꽃을 일으켰다.

두 사람의 실력은 박빙이었다. 보이지도 않을 정도로 빠르게 검이 허공을 갈랐다.

쉭! 꽈직! 파파파팍!

탁자가 산산조각나 부서졌고 벽이 길게 긁혔다.

과연 수장들답게 두 사람의 싸움이 가장 격렬했다.

한 수에 상대를 제압하리라 믿었던 공손하가 시간을 끌자 임하기가 불안한 마음에 입술을 잘근잘근 깨물었다.

'저런 고수를 수하로 두다니!'

송철영뿐만이 아니었다. 신풍대와 호신일가의 싸움도 팽팽했다.

공손하는 마음이 급해졌다. 간간이 들려오는 비명 소리의 주인은 모두 호신일가의 무인들이었다. 다수 대 다수의 싸움은 한 번 균형이 깨어지면 한순간에 끝나게 마련이었다. 어서 송철영을 해치우고 자신이 그들을 도와야 했다.

공손하가 탁자를 밟고 날아올라 허공에서 검기를 뿌렸다.

쉭쉭쉭!

송철영이 바닥에 몸을 굴려 검기를 피했다. 날아간 검기가 하필이면 뒤에서 싸우던 호신일가 무인의 등에 적중했다. 그러잖아도 불리하던 전세였다.

"빌어먹을!"

공손하가 짧막한 욕설을 내뱉었다.

지켜보던 임하기의 얼굴은 점점 사색이 되었다.

실전 경험이라 해봐야 그야말로 일천한 그였다. 악다구니를 치며 비명을 지르고, 욕설과 피가 튀는 싸움의 한가운데서 그는 어찌해야 할 바를 몰랐다. 누굴 어떻게 도와야 할지 아무 생각도 나지 않았다.

게다가 적이건은 원래 앉아 있던 그 의자에 여전히 앉아 자신을 쳐다보고 있었다.

임하기가 떨리는 목소리로 물었다.

"내게 왜 이러는 거지?"

"그건 내가 묻고 싶은 말이야. 할 말이 있어 왔다는데 다짜고짜 죽이려 들었잖아?"

"이 자식아! 그건!"

뭐라 말을 잇지 못했다. 틀린 말이 아니었기 때문이었다.

임하기가 이를 갈며 소리쳤다.

"지금이라도 그냥 돌아가면 용서해 주겠다!"

임하기의 허세에 적이건이 피식 웃었다.

"우리 쪽이 유리해 보이는데?"

파파파팍!

송철영과 공손하의 싸움은 막바지에 이르고 있었다.

구석에 몰린 공손하를 향해 송철영이 빠르게 검을 뿌렸다.

송철영은 그간 노력의 결과를 증명했다.

푹!

어깨를 찔린 공손하가 검을 떨어뜨렸다.

다시 검을 주우려는 그의 목에 송철영의 검이 겨눠졌다.

송철영이 내공을 실어 소리쳤다.

"모두 그만!"

싸움을 하던 이들이 잠시 멈췄다. 공손하가 제압당한 것을 보자 호신일가의 무인들은 전의를 상실했다.

"끝까지 공자님을 지켜!"

공손하가 악을 썼다.

그때 적이건이 자리에서 일어났다.

"그러지 마. 그냥 이야기만 하러 왔는데 부하들 다 죽일 필요 없잖아. 모두 무기 버려!"

호신일가의 무인들은 이러지도 저러지도 못했다.

결국 임하기가 고개를 늘어뜨리며 무기를 버리라 명령했다.

무기를 내려놓은 그들을 신풍대 무인들이 혈도를 제압했다.

송철영과 신풍대의 첫 승리였다. 모두들 감격스런 표정을 지으며 서로를 돌아보았다. 다친 사람들이 몇 있었지만 큰 부상이 아니었고 다행히 죽은 사람은 없었다.

예전에 적이건이 말한 적이 있었다. 질 싸움에는 내보내지 않겠다고.

적어도 첫 싸움에 적이건은 그 약속을 지켰다.

적이건이 임하기에게 다가갔다.

놀란 임하기가 뒷걸음질을 쳤다.

성큼성큼 다가가 임하기의 어깨에 팔을 두르며 적이건이 나직이 말했다.

"자, 이제 사업 이야기 좀 할까?"

＊　　　　＊　　　　＊

칠 일 후. 한 사내가 빠르게 발걸음을 옮기고 있었다.

긴장한 표정의 중년 사내는 양씨도문(羊氏刀門)의 문주 양도정(羊導正)이었다.

'갑자기 무슨 일일까?'

그가 향하는 곳은 북천패가 본가였다. 이틀 전, 긴급하게 날아온 한 통의 전서는 양도정의 은밀한 방문을 청하고 있었다. 양도정을 긴장시킨 것은 그 '은밀함'에 있었다. 한 번도 이런 식의 방문을 요구한 적이 없던 북천패가였다.

양씨도문은 팔방추괴의 분류에 있어 마지막 삼 할에 속하는 가문이었다. 그들은 엄연히 북천패가를 구성하는 한 축이었지만 심정적으로는 북천패가에서 벗어나고자 했다.

양도정은 북천패가에 소속되던 그날의 치욕을 아직도 잊을 수 없었다. 그 수모는 말할 것도 없고, 그 당시의 싸움에서 자신이 가장 아끼던 대제자의 팔이 잘렸다. 그럼에도 오라면 가고, 가라면 와야 하는 신세였다.

'빌어먹을!'

처량한 마음이 들어 양도정이 이를 갈았다.

하지만 양도정은 다른 반대파와 마찬가지로 그런 자신의 마음을 내색한 적은 없었다. 오히려 자신의 속내가 들킬까 북천패가의 요구가 있을 때는 헌신적으로 나섰다.

'혹 뭔가 알아차린 것이 아닐까?'

심정적으로 찔리는 것이 있으니 온갖 걱정이 다 들었다. 자신을 제거하기 위해 부르는 것이라면? 그야말로 꼼짝도 못하고 당하고 말 것이다.

'아니겠지?'

양도정이 설마하는 마음으로 스스로를 위로했다. 북천패가에서 자신을 제거하려면 좀 더 은밀한 방법을 택했을 것이다. 자신이 그들 본가로 간 것을 동네방네 다 아는데 자신을 죽일 리 없을 것이다.

이런저런 상념을 한 짐 지고 이윽고 그가 북천패가에 도착했다.

기분 탓이었을까? 조용한 패가의 건물들은 왠지 모르게 을씨년스러웠다.

입구의 무인에게 안내를 받은 그가 객청으로 들어섰다.

안으로 들어선 양도정이 깜짝 놀랐다. 너른 객청에는 이미 수십여 명의 손님이 와 있었는데, 대부분 아는 얼굴들이었다.

그들은 바로 북천패가에 속한 가문들의 주인들이었다.

모두들 삼삼오오 짝을 이뤄 이런저런 이야기를 나누고 있었다. 와자지껄 워낙 많은 사람들이 모여 있어서 자신이 들어온 것을 모르는 이들이 더 많았다.

그때 양도정을 알아본 백가장(百家莊)의 백환(百奐)이 다가왔다. 평소 왕래를 하며 가깝게 지내는 사이였다.

"양 문주! 오셨소이까?"

"백 가주, 이게 어찌 된 일이오?"

"보아하니 임 가주께서 패가에 소속된 우리 모두를 소집한 듯하오."

한편으론 안도하고 한편으론 깜짝 놀란 양도정이 목소리를 낮췄다.

"혹 남악련과 일이 생긴 것 아니오?"

"나 역시 그런 생각을 하고 있소. 그렇지 않다면 우리 모두를 소집할 까닭이 없지 않겠소?"

양도정은 불안한 마음을 감추지 못했다. 만약 남악련이 선제공격을 해왔다면 일은 이렇게 진행되지 않았을 것이다. 비상연락을 통해 병력을 동원했어야 할 상황. 하지만 이렇게 각 문파의 문주들을 불러 모았다는 것은 남악련을 선제공격하겠다는 의사일 가능성이 높았다.

"아아, 이거 큰일이구려."

양도정이 탄식했다. 백환 역시 양도정과 비슷한 심정이었다. 언젠가 한 번은 일어나겠지 생각하며 살아왔지만 전쟁은 절대 바라는 바가 아니었다.

백환 역시 양도정과 마찬가지로 북천패가에 있어 반대파였다. 북천패가의 천하일통을 위해 자신은 물론이고 가족과 문도들을 희생시키고 싶은 마음은 추호도 없었다. 지금까지 당한 것만 해도 충분했다.

양도정과 백환이 주위를 둘러보았다. 적어도 이곳에 모인 이들 가운데 반 이상은 자신과 마찬가지 생각일 것이다. 물론 아닌 사람도 있었다.

"흥! 남악련 따위가 가주님의 심기를 건드렸다면 마땅히 응징을 해야 할 것이오!"

대표적인 인물인 그는 바로 철장문주(鐵掌門主) 사우패(司又牌)였다. 그는 그 성격만큼이나 열성적으로 북천패가를 지지하는 인물이었다. 다혈질적이고 악랄한 심성을 지닌 그는 임천세의 큰 신임을 받고 있는 인물이기도 했다. 그는 자존심도 유난히 강했는데 그로 인해 마찰이 잦았다.

그가 확신에 찬 얼굴로 목청을 높였다.

"지난번, 남악련 부스러기들이 무한으로 쳐들어왔던 것을 기억하시오? 그 건방진 것들이 감히 천룡대전의 비무대를 점거하는 만행을 저질렀소. 오늘의 소집은 바로 그 일 때문일 것이오."

물론 그것은 그만의 착각이었다. 그 일로 인해 북천패가가 남악련에 상당한 보상을 한 것을 알게 된다면 사우패는 더욱 펄쩍 뛰겠지만, 지금 이곳에 그 사실을 아는 인물은 아무도 없었다.

주위에 있던 몇몇 인사들이 고개를 끄덕여 동의했다. 그들 역시 사우패와 마찬가지로 임천세에게 절대적인 충성과 지지를 보내는 친북천패가의 인물들이었다.

"이제 대업을 위해 일어설 때가 된 것 같소."

"아무렴요. 그간 너무 평화로웠지요."

"흥! 남악련 따위는 단숨에 쓸어버릴 수 있습니다."

양도정이나 백환 등의 입장에서는 절대 듣고 싶지 않은 이야기였다.

흥분해 주위를 선동하는 그들을 바라보며 양도정이 한숨을 내쉬었다.

'저 말이 과연 진심일까? 전쟁이 일어나면 얼마나 끔찍한 일이 벌어질지 정말 모르는 것일까? 가족이 죽고 제자가 죽는 것을 바라는 것일까? 누구를 위해서? 도대체 무엇을 위해서?'

진심이 아니기를 바랐다. 그저 허세고 허풍이기를 바랐다.

그때 객청문이 열리며 몇 사람이 안으로 들어왔다.

앞장선 사람은 바로 임하기였고 뒤를 따르는 사람은 공손하를 비롯한 호신일가의 무인들이었다.

임천세가 아닌 임하기의 등장에 모두들 의외란 생각을 했다.

임하기의 표정은 차분함을 넘어 침울함에 가까웠다. 차갑게 굳은 그의 얼굴은 이제 멍과 부기는 가라앉아 있었지만 그 안색은 좋지 않았다. 거기에 평소답지 않은 진지한 표정이 모두를 긴장시켰다.

양도정이 백환에게 속삭였다.

"뭔 일이 있는 게 틀림없소."

"그렇구려. 큰일이 아니길 바랄 뿐이오."

"다행히 남악련과의 문제는 아닌 것 같소이다."

남악련을 치는 중요한 일에 임하기가 나설 리가 없었기 때문이었다.

임하기가 나서자 장내가 조용해졌다.

"이렇게 본 가의 여러 어르신들을 모시게 되어 영광으로 생각합니다."

이번 모임의 주체가 임하기였음을 모두들 직감했다. 묘한 불안감이 장내를 지배했다. 임하기가 자신들을 소집할 이유는 아무리 생각해도 없었다.

간단한 인사를 마친 후 임하기가 본론을 꺼냈다.

"오늘 본 가의 여러 어르신들을 모신 이유는 긴히 알려 드릴 일이 있어서입니다."

"임 공자, 도대체 그게 무슨 일이오?"

성정 급하기로 유명한 사우패가 목청을 높였다.

임하기의 표정이 어두워졌다.

"놀라지 말고 들어주시오. 할아버님께서 돌아가셨소."

놀라지 않을 수 없는 말이었다. 모두들 충격을 받은 얼굴로 멍하니 서 있었다.

장내에는 정적만이 흘렀다. 임천세의 죽음은 그 누구도 예상치 못한 상황이었다.

신검장(新劍莊)의 장주 고막정(高嗼靜)이 정적을 깨며 물었다.

"도대체 언제 말인가?"

"칠 일 전의 일입니다."

웅성거림이 커지면서 장내가 시끄러워졌다. 그야말로 충격적인 사건이었다. 모두의 머릿속이 복잡해졌다. 임천세의 죽음은 그들 모두의 생사와 관련된 대사건이었다.

다시 임하기가 큰소리로 말했다.

"모두들 진정하시오."

사우패가 흥분한 얼굴로 물었다.

"도대체 어떻게 된 일인가? 임 공자는 자세히 말해보게."

모두의 시선이 임하기에게 집중되었다.

임하기가 한숨을 내쉬었다.

"할아버지께서는… 해서는 안 될 일을 저지르셨소."

저질렀다는 말에 모두들 인상을 찌푸리거나 굳혔다. 손자가 해서는 안 될 표현이었다. 더구나 자신들을 앞에 두고선 더욱더.

사우패가 눈을 가늘게 뜨며 못마땅한 표정으로 물었다.

"임 공자! 그 무슨 망발인가?"

임하기가 한숨을 쉬며 말했다.

"그에 대해서 말씀해 주실 분이 있습니다."

다시 객청으로 한 무리의 사람들이 들어왔다. 이십여 명이었는데, 임천세가 죽던 날 방문했던 무한의 군웅들이었다. 앞장선 사람은 그들로서는 실로 의외의 인물이었다.

"정도맹 무한 분타주 장치구요."

장치구가 자신을 소개하자 모두들 옆 사람을 돌아보며 눈짓을 주고받았다. 그야말로 생각지도 못한 일이 계속되고 있는 것이다.

"이번 일에 정도맹이 왜 나서는 것이오?"

목청을 높인 사우패는 물론이고 몇몇이 노골적으로 불편한 시선을 보냈다. 그들의 입장에서는 그야말로 간신히 명목만 유지되는 정도맹이 아니던가?

그에 비해 미리 단단히 교육을 받고 나온 장치구는 침착했다.

"여러분은 이한장의 참변에 대해 알고 계십니까?"

"그렇소만."

장치구가 잠시 침묵하더니 이내 한숨을 내쉬며 말했다.

"그 사건은 바로 임 가주께서 저지른 일이었소!"

"개소리!"

사우패가 버럭 소리치자 주위에 있던 이들이 덩달아 흥분했다.

"미친 소리!"

"무슨 헛소리를 지껄이는 것이냐!"

"저 개자식을 죽여!"

장내는 완전 소란해졌다. 성질 급한 사우패가 장치구를 향해 달려나왔다. 당장이라도 때려죽일 기세였다.

임하기가 그를 막아섰다.

"임 공자! 비키시오!"

"물러나시오."

"비키시오!"

"지금 모반을 일으키려는 것이오?"

모반이란 말에 사우패가 흠칫 놀랐다. 아무리 흥분한 상태지만 그래도 임하기는 북천패가의 정통 후계자였다.

씩씩거리며 사우패가 한발 물러섰다.

임하기가 목청을 높였다.

"모두들 진정하시오!"

다시 장내가 진정되며 모두의 시선이 임하기에게 집중되었다.

임하기가 장치구 일행을 돌아보며 말했다.

"여기 계신 분들이 그 증인이오."

이십여 명의 그들은 무한에서 제법 이름있는 인물들이었다.

하지만 그들은 대부분 반북천패가로 분류된 인사들이었다.

"저들은 본 가에 불만이 많은 자들이오! 믿을 수 없소!"

그러자 임하기가 폭탄선언을 했다.

"대천회 무인들 전원이 같은 증언을 했습니다."

모두들 깜짝 놀랐다. 장치구를 비롯한 스무 명의 군웅들의 의견이야 얼마든지 조작이 될 수 있었다. 하지만 대천회 무인들의 증언은 완전히 다른 차원이었다. 대천회는 북천패가의 주력 무인들이자 임천세의 수족과도 같은 이들이었다.

다들 이해할 수 없었다. 대천회 무인들이 왜, 무엇 때문에 그런 증언을 한 것이며, 대천회주는 왜 그런 일을 방관하고 있는 것일까?

이번에는 비호문주(飛虎門主) 신창명(申昌名)이 나섰다. 그는 전체 중 사 할을 차지하는 중도파에 속한 인물이었다. 그가 침착하게 물었다.

"임 공자의 말씀대로라면 임 가주께서 이한장의 참변의 배후자이고 또 지금은 돌아가셨다고 하셨는데, 만약 그렇다면 도대체 가주님을 살해한 사람은 누구요?"

모두가 궁금한 점이기도 했다. 임천세가 이한장을 몰살한 것은 사실 그럴 수도 있다고 생각했다. 이 자리에 있는 그 누구도 임천세를 군자라 생각하지 않았으니까. 그보다 더한 일을 했다 해도 믿을 수 있었다.

하지만 문제의 핵심은… 도대체 누가 그를 죽였단 말인가?

"바로 장심방주의 딸인 장인화요."

난데없이 장인화가 언급되자 모두들 깜짝 놀랐다.

사우패가 소리쳤다.

"말도 안 되는 소리! 그 어린 여자아이가 가주님을 죽이다니! 도대체 대천회주를 비롯해 천노 선배나 단월 선배는 무엇을 하고 있었단 말이오?"

사우패는 임천세의 색행에 대해 잘 알고 있었다. 그는 여인에게 죽을 수 있다. 하지만 임천세가 방심을 했다 하더라도 그를 그림자처럼 지키는 단월은 그러지 않았을 것이다.

임하기가 침울하게 말했다.

"그분들은… 모두 돌아가셨소."

그 믿을 수 없는 말에 모두들 할 말을 잃었다. 그야말로 충격의 연속이었다.

신창명이 다시 물었다.

"왜 이 같은 엄청난 사실이 알려지지 않은 것이오?"

"만약 이 사실이 밝혀졌다면 남악련이 도발해 왔을 것이오. 그래서 제가 이분들에게 부탁을 드렸습니다. 아직은 외부에 알리지 말아달라고."

잠시 침묵이 흘렀다.

사우패가 앞으로 걸어나오며 소리쳤다.

"개방귀 같은 소리! 이건 음모다! 반란이자 권력찬탈이다!"

그의 선동에 친임천세파라 불릴 삼십여 명이 그 뒤를 따라

나섰다. 그들은 확신했다. 임천세는 임하기에게 살해당한 것이 틀림없었다. 그렇지 않다면 이 말도 안 되는 상황을 이해할 수가 없었다.

"문부터 막으시오. 일단 임 공자를 제압한 후 따로 조사를 해야 하오!"

사우패의 머리는 바쁘게 돌아가고 있었다.

만약 임하기가 임천세를 살해한 것을 밝혀내기만 하면, 임하기를 축출하고 그 자리를 자신이 올라갈 수도 있는 일이었다. 그를 따르는 삼십여 명 역시도 그와 비슷한 생각이었다. 잘만 판단해서 움직이면 큰 떡고물이 떨어질 일이었다. 강호사가 언제나 그렇듯 위기는 곧 기회니까.

창창창!

서른 명이나 되는 절정고수들이 검을 빼 들자 그 기세가 보통이 아니었다. 중도 성향의 무인들은 일단 신중히 사태를 주시했다.

반대파인 양도정과 백환 등은 아예 멀찌감치 물러섰다.

"신중히 움직입시다."

"당연히 그래야지요."

두 사람이 나직이 속삭이며 눈짓을 주고받았다.

물러선 사람은 그들뿐만이 아니었다. 삼십여 명쯤 되는 이들이 뒤로 물러섰다. 그들은 쓸데없는 싸움에 휘말리고 싶지 않은 인물들이었다. 이도 저도 아닌 이들은 그 중간에 엉거주

춤 자리하며 눈치를 살폈다. 무슨 내막이 있든 바짝 몸을 사려야 할 일이었다. 잘못하면 반역자로 몰려 목이 달아날 수 있는 사안이었다.

서른 명의 가주들이 자신을 압박했지만 임하기는 당황하지 않았다.

"감히 반란을 일으키려는 것이오?"

"반란은 임 공자가 먼저 일으켰겠지."

"증거도 없이 함부로 말하는군."

"나는 이번 사건을 이대로 대충 넘어갈 수 없소. 천노 선배나 단월 선배가 돌아가셨다는 것도 믿을 수 없소."

사우패가 주위를 돌아보며 동의를 구했다.

"여러분들도 아시지 않소? 그분들은 이미 무의 극의를 깨달은 초절정고수 분들이시오. 흉계에 당하지 않았다면 돌아가셨을 리가 없소."

모두들 고개를 끄덕였다.

사우패가 음험한 눈빛을 보내며 살기를 북돋았다. 그야말로 일촉즉발의 위기 상황이었다.

바로 그때 문이 열리며 또다시 누군가 안으로 들어왔다.

적이건을 필두로 그 뒤로 무영과 냉이상이 뒤따랐다. 무영과 냉이상은 방갓을 쓰고 있었다.

누군가 적이건을 알아보았다.

"자넨 이번 천룡대전에서 우승한 적 소협 아닌가?"

그뿐만 아니라 많은 사람들이 적이건을 알아보았다.

적이건이 임하기 옆에 나란히 섰다. 그 뒤로 무영과 냉이상이 시립했다.

적이건이 주위를 돌아가며 포권했다.

"창천문의 적이건입니다."

창천문이란 말에 모두들 고개를 갸웃했다.

"본 신풍장이 이번에 창천문으로 거듭나게 되었소."

그건 모두의 관심 밖의 문제였다.

"적 소협이 여긴 무슨 일이오?"

사우패가 적이건과 임하기를 번갈아 살폈다. 분위기로 볼 때, 적이건의 등장은 이미 예정된 일이었다. 방금 전까지 당당하던 임하기는 적이건을 보자 잔뜩 주눅 든 모습을 보였다.

적이건이 앞으로 나섰다.

"임천세는 인간으로서는 해서는 안 될 일을 저질렀소. 자신에게 충성을 바치지 않는다는 이유만으로 장심방을 멸문으로 몰아갔소. 그뿐만 아니오. 장심방주의 딸인 장인화를 자신의 아방궁으로 끌어들여 자신의 욕심을 채웠소."

몇몇 인사들이 인상을 찌푸리며 고개를 내저었다. 임천세의 아방궁은 공공연한 비밀 중의 하나였다. 더구나 장심방은 북천패가에 오랜 충성을 바쳤던 방파였다. 그런 곳을 하루아침에 멸문시키고, 그 딸을 범했다는 사실은 그야말로 눈살을 찌푸릴 일이었다.

"같잖은 소리!"

사우패가 끼어들자 적이건이 천천히 그를 노려보았다.

자신을 향한 그 도발적인 눈빛에 사우패가 어이없다는 표정을 지었다. 상대의 소문은 익히 들었다. 물론 천룡대전이 대단한 대회이긴 하지만 그렇다고 대철장문의 문주인 자신을 이렇게 대하다니. 더구나 보는 눈들이 한둘이 아닌 자리였다.

"그깟 천룡대전에서 우승했다고 기고만장하는구나!"

"그 입 다무시오."

"싫다면?"

"본보기로 삼겠소."

"미친놈! 너부터 죽여주마!"

사우패가 살기를 뿜어내던 그 순간 적이건의 신형이 흔들린다 싶더니.

빠악!

사우패가 구석으로 날아갔다.

적이건의 신형이 얼마나 빨리 움직였으면 그들 대부분은 적이건이 어떤 수법으로 사우패를 날려 버렸는지 알지 못했다.

적이건이 주위에 있던 이들을 하나씩 노려보았다. 사우패가 선동할 때 함께 나섰던 이들이었는데 모두들 꼼짝도 하지 못했다. 적이건은 눈빛만으로 그들을 압도하고 있었다. 어린놈이 건방지다며 튀어나오려던 욕설이 목구멍으로 다시 넘어갔다.

"끄응!"

사우패가 굵직한 비명을 지르며 몸을 일으켰다.

그를 보며 적이건이 차갑게 말했다.

"난 당신들에게 부탁 따윌 하러 온 게 아니야. 그러니 닥치고 일단 들어! 다음 본보기는 이 정도에 끝나지 않아."

적이건의 기세에 모두들 꼼짝도 하지 못했다.

적이건이 천천히 자신의 자리로 돌아왔다.

"임천세의 악행은 거기에서 끝나지 않았소. 자신이 제의한 혼담을 거절했다는 이유로 정검문을 파멸시키려 했소. 그 과정에서 아무 관련도 없는 이한장을 몰살시키고 그 죄를 정검문주에게 뒤집어씌우려 했소. 그 끔찍한 일에 참여했던 대천회의 무인들이 사건 일체를 자백했소. 그는 이 강호에 다시없을 인면수심(人面獸心)이오. 임천세의 더러운 만행은 북천패가 전체를 파멸로 이끌 행동이었소."

하나하나 눈을 마주친 후 적이건이 버럭 소리쳤다.

"북천패가에 속해 있다는 사실만으로도 그대들은 이미 죄인이오!"

장내는 오직 침묵만이 흘렀다.

어린 적이건의 꾸짖음에 화도 나고, 어이도 없고, 부끄럽기도 했지만 그보다 모두에게 먼저 드는 생각은 하나의 의문이었다.

"개소리다!"

화난 얼굴로 소리친 사람은 일어서지 못한 채 앉아서 상처를 다스리고 있던 사우패였다. 그는 가슴의 부상보단 새파란 놈에게 일격을 당한 것이 수치스러웠는지 얼굴이 시뻘겋게 달아올라 있었다.

"이건 음모요! 일단 저들을 제압한 후 내막을 알아봅시다!"

몇몇 무인들이 고개를 끄덕였지만 그렇다고 앞장서 나서지는 않았다.

적이건이 차분하게 물었다.

"도대체 뭐가 음모란 말이지?"

"그렇다면 대천회주를 비롯해 천노 선배와 단월 선배를 네가 죽였다는 말이냐? 그건 말도 안 되는 소리다. 그분들은 네까짓 애송이에게 당할 분들이 아니란 말이다!"

모두의 시선이 적이건에게 향했다. 모두의 의문은 바로 그것이었다.

바로 그때였다.

적이건의 뒤에 잠자코 서 있던 냉이상이 앞으로 나섰다.

"내가 죽였소!"

모두의 시선이 그에게 집중되었다.

냉이상이 천천히 죽립을 벗었다.

"냉이상이오."

생각지도 못한 이름에 모두들 경악했다.

"설마 벽력검 냉 선배시오?"

"그렇소."

"믿을 수 없소. 벽력검 선배가 강호에서 모습을 감추신 지 이미 이십 년이 넘었소."

그때 냉이상의 검이 벼락처럼 뽑혀 나왔다.

번쩍!

한순간 객청에 벼락이 내리쳤다. 몇몇 무인들은 놀라 엉덩방아를 찧었다.

"저, 저기다!"

누군가의 외침에 모두의 시선이 뒤쪽의 벽을 향했다.

벽에서 용이 승천하고 있었다. 곧이어.

스스스스스.

벽이 가루가 되어 무너져 내렸다.

감탄과 경악으로 모두의 입이 쩍 벌어졌다.

"진짜 벽력검이다!"

그들 대부분은 정파의 인물들이었다. 벽력검 냉이상은 전대의 고수로 정파 인물들의 존경을 한 몸에 받았던 고수였다. 많은 사람들이 포권을 하며 냉이상에게 정중하게 고개를 숙였다.

냉이상이 차분히 말했다.

"방금 전, 적 소협이 한 말은 모두 사실이오. 내 이름을 걸고 보증할 수 있소."

이제야 그들은 천노와 단월의 죽음을 이해했다. 대천회주가 죽고, 대천회의 무인들이 왜 증언을 했는지도 이해했다.

벽력검은 전대강호를 종횡하던 절대고수였다. 그가 아직까지 살아 있으니 그 무공이 얼마나 발전했겠는가? 단월이나 천노는 절대 그의 상대가 될 수 없었다. 모두들 대충 일이 어떻게 된 것인지 이제야 알 것 같았다. 벽력검이란 이름 석 자에 모든 의문이 풀어졌다.

백환이 나서서 소리쳤다.

"벽력검 어르신의 말씀이라면 믿을 수 있습니다!"

그 역시 벽력검에 대한 존경심은 대단했다.

"적 소협과는 어떤 관계십니까?"

"냉 대협께서는 본 창천문의 우호법이시오."

그러자 모두들 깜짝 놀랐다. 임천세가 죽었다는 소식만큼이나 그것은 놀라운 사실이었다. 벽력검 냉이상이 일개 문파의 호법을 자청했다는 것은 강호를 발칵 뒤집을 소문이었다.

모두들 마음속으로 창천문을 되뇌었다. 방금 전까지만 해도 기억도 하지 않았던 그 이름이 이제는 가장 중요한 이름이 된 것이다.

게다가 태상호법이 아니라 우호법이라면? 냉이상 정도면 당연히 태상호법의 자리를 차지하는 게 맞았다.

적이건이 다시 입을 열었다.

"오늘 내가 이 자리에 나선 것은 그대들에게 기회를 주기 위함이오. 비록 본 문이 임천세의 악행을 단호히 처단했지만, 그렇다고 북천패가를 강제로 접수하고 싶은 생각은 없소."

그야말로 광오한 말이었지만 아무도 반발하지 못했다.

"오늘 이후 북천패가는 여기 임 공자가 이끌어갈 것이오. 그대로 북천패가에 남고 싶은 사람은 남으면 되오. 하지만 더 이상 북천패가에 남기 싫으신 분은 창천문에서 받아주겠소. 북천패가의 압력을 두려워할 필요는 없소."

모두의 시선이 자연스럽게 임하기에게로 향했다. 임하기는 그들의 시선을 피하고 있었다. 아까까지 큰소리치던 그가 적이건이 등장한 후에 의기소침해진 것을 보고 모두들 상황을 짐작할 수 있었다. 임하기가 적이건에게 굴복당했다는 것을.

장내가 분주해졌다. 모두들 웅성거리며 옆 사람과 눈빛과 밀담을 나눴다.

양도정이 나직이 백환에게 말했다.

"우리 창천문으로 갑시다."

"위험하지 않겠소?"

"남는 것이 더 위험하오."

"그게 무슨 말씀이시오?"

"임 가주가 죽은 이상, 다른 사패가 그냥 있을 리 없소. 임 공자가 그들을 막아낼 수 있으리라 생각하시오?"

백환이 고개를 끄덕였다.

다시 양도정의 시선이 정면으로 향했다. 잔뜩 주눅 든 임하기에 비해 적이건은 더없이 당당했다. 창천문으로 가고 싶다는 생각이 들었다. 게다가 벽력검 냉이상이 호법으로 있었다.

반대파인 삼 할의 가주들 역시 비슷한 생각을 하고 있었다.

반면 사우패 등의 생각은 달랐다.

'어쩌면 일이 이렇게 된 것이 기회일 수 있다.'

대충 돌아가는 상황은 파악되었다.

제아무리 벽력검이 있다 해도, 상대는 이제 막 생긴 문파에 불과했다. 그에 비해 북천패가는 지난 이십 년간 꾸준히 쌓아온 명성이 있었다. 임하기만 잘 조종하면 막대한 권력과 부를 얻게 될 것이다.

사우패는 앞장서서 가주들을 설득했다.

"지난 이십 년을 북천패가가 우리를 지켜주었소. 이제 와서 등을 돌린다면 그건 추악한 배신행위요!"

"패가에 충성을!"

"임 공자에게 변함없는 충성을 바칩시다!"

"임 공자를 모시고 나갑시다!"

친북천패가의 인물들이 목청을 높였다. 분위기가 다시 사우패 등의 선동에 휘말렸다.

본디 수백 명이 있는 조직도 몇 사람이 강력히 선동하면 끌려가기 쉬웠다. 분위기란 그런 것이다.

적이건은 그저 말없이 그들을 쳐다만 보았다.

그들이 임하기를 둘러싸고 객청 밖으로 나갔다. 양도정이나 백환 등도 일단 그들을 따라 나갔다. 배신이란 말이 나왔는데, 이 자리에 남아 눈에 띌 수는 없는 노릇이었다.

가주들이 자신의 편을 들어주자 기고만장해진 임하기는 언제 주눅이 들었냐는 듯 적이건에게 독살스런 눈빛을 보냈다.

"잊지 않겠다."

"그러시든지."

적이건이 임하기의 뒤쪽에 서 있던 군웅들에게 말했다.

"조만간에 다시 볼 날이 있을 것이오."

다수의 사람들이 그 말에 동요했다. 특히 양도정이나 백환 등이 그러했다. 하지만 그 누구도 드러나게 내색하지는 않았다.

모두가 떠나간 그곳에 이제 세 사람만이 남았다.

"모두 떠나갔으니 낭패가 아니더냐?"

냉이상의 걱정에 적이건이 미소를 지었다.

"의도한 바입니다."

"의도했다?"

무영 역시 미소를 지었다. 적이건의 말처럼 의도했던 바였고, 결과도 훌륭했다. 밑밥은 제대로 뿌려졌다.

적이건이 그들이 떠난 빈 공간을 쳐다보며 나직이 말했다.

"이제부터입니다."

*　　　*　　　*

"북천패가의 움직임이 심상치 않습니다."

난데없는 막휘의 보고에 회의가 진행 중이던 객청이 싸늘히 얼어붙었다.

"자세히 고하게."

"무한에서 임천세의 동태를 살피던 세작들에게서 연락이 끊어졌습니다."

"대체 그게 무슨 말인가?"

양인명의 표정이 심각해졌다.

"보고드린 그대로입니다. 전원 연락이 끊어졌습니다."

양인명이 벌떡 일어났다. 함께 회의를 하던 네 명의 장로들도 심각한 표정으로 뒤따라 일어났다.

"혹시?"

양인명이 무엇을 걱정하는지 잘 알았기에 막휘가 재빨리 말했다.

"전면전의 징후는 아닙니다."

양인명이 살짝 긴장을 풀며 다시 자리에 앉았다.

전면전이 벌어지려면 며칠 전부터 그 징후를 알 수 있었다.

물론 이십 년 전의 정마대전은 천마신교의 대규모 기습이 성공한 경우였다.

하지만 그 경우는 천마신교라는 강호에서 가장 폐쇄적이면서도 상하복명 체계가 그 어떤 집단에 비할 바 없이 철저한 집단이었기에 가능한 일이었다.

현재의 천하사패는 각 지역문파의 연합체 형식이었다. 아무리 단속을 한다 해도 한계가 있었다. 중원 곳곳에 파견된 세작들이 전쟁의 움직임을 알아차리지 못할 리가 없었다.

"연락이 끊어진 세작은 모두 일곱입니다. 그들 모두 임천세를 집중적으로 감시하던 이였습니다. 어떤 상황인지 좀 더 정확히 알아보기 위해 예비인원을 파견했습니다."

"자네 생각은 어떤가?"

양인명의 물음에 막휘가 잠시 숙고했다.

"몇 가지 가능성이 있겠습니다만, 가장 신빙성이 있는 추측은 아무래도 임천세가 비밀리에 어떤 일을 진행하는 것이 아닌가 싶습니다."

"일이라면?"

"저희에게 알려져서는 안 될 비밀스런 일이겠지요."

천천히 고개를 내저으며 양인명이 임천세를 떠올렸다. 만약 막휘의 추측이 맞다면 참으로 임천세와는 어울리지 않는 행보란 생각이 들었다. 근래 들어 임천세는 초창기의 그 은밀한 움직임보다는 대외적인 사업을 진행하는 것을 좋아했다.

"일단 백호대에 비상을 걸었습니다. 지금 상황에서는 일단 백호대만으로도 충분할 것 같습니다."

막휘의 보고에 양인명이 고개를 끄덕였다. 남악련 전체에 비상을 거는 일은 풍운성이나 흑도방까지 자극할 수 있는 일이었다. 정확히 알아보고 신중히 움직여야 할 일이었다.

함께 있던 장로들이 풍운성과 흑도방의 동태에 대해 물어왔다. 자신들뿐만 아니라 그들도 임천세에게 세작을 보냈을 것이다.

"그에 대해선 곧 보고가 올라올 겁니다."

말이 끝나기가 무섭게 수하가 보고를 위해 들어왔다.

수하가 건넨 서찰을 읽던 막휘의 표정이 굳어졌다.

"그들의 세작 역시 다 잘려 나간 모양입니다."

"뭣이?"

양인명은 물론이고 장로들도 모두 깜짝 놀랐다. 뭔가 심상
치 않았다.

"일단 우리를 겨냥한 일은 아니겠군."

"꼭 그렇게 볼 수만은 없습니다. 저희가 풍운성이나 흑도방
을 통해 역으로 정보를 얻는 것을 방지하기 위함일 수도 있으
니까요."

막휘의 말에 양인명이 고개를 끄덕였다.

"망할 늙은이가 도대체 무슨 일을 꾸미는 거지?"

그때 수하 하나가 문을 박차고 들어섰다.

"급보입니다!"

엉덩이를 잠시라도 붙일 틈이 없는 하루였다.

양인명을 비롯해 모두가 자리에서 벌떡 일어났다.

"무슨 일인가?"

"임천세가 죽었답니다."

"뭐야!"

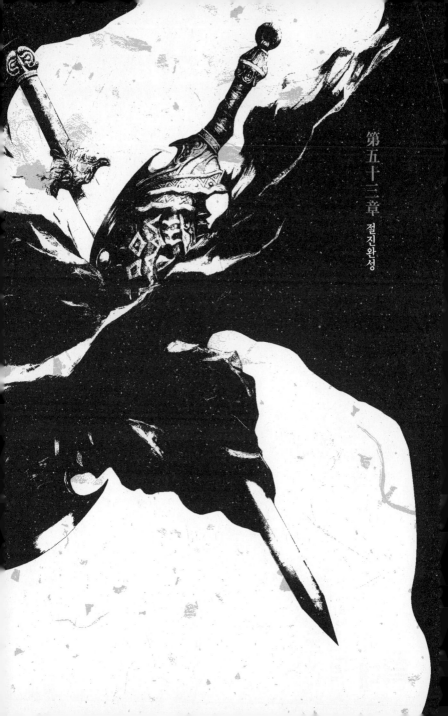

第五十三章 절진완성

絶代
君臨
절대군림

강호에 충격적인 사건이 발표되었다.

북천패가 임천세의 죽음이 전해진 것이다. 강호는 발칵 뒤집어졌다.

"임 가주가 죽었다네."

"아침부터 어인 헛소리인가?"

대부분 처음 그 소식을 접한 사람들의 반응이었다. 그들은 임천세의 죽음을 믿지 못했다. 일반 사람들에게 임천세는 그야말로 무신과 같은 인물이었다.

하지만 소문은 화난 불길처럼 거세게 퍼져 나갔다.

태평루에 모인 모든 사람들은 모두들 그 이야기에 집중하고 있었다.

"정말 임천세가 죽었다네!"

"나도 들었네! 지금 북천패가 각 지단에 비상이 걸렸다는 군."

"어쩌다 이런 일이!"

"이한장주를 죽인 것이 바로 임천세라는군."

"설마?"

"설마가 아니래도. 정도맹에서 공식적으로 발표를 했네. 그 사실을 직접 목격한 사람이 스무 명이 넘는다고 하네. 게다가 이한장 몰살의 주범인 대천회가 정검문을 멸문시키기 위한 공작의 일환이었다고 모든 사실을 시인했다고 하네."

"허허허. 정말 무서운 일이군."

"힘없는 것이 죄지."

"그렇다면 도대체 임천세는 왜 죽은 것인가?"

"그를 죽인 사람이 바로 벽력검 어르신이라네."

"벽력검? 전대 최고의 고수였던 그 벽력검 말인가?"

"맞네. 바로 그분이 벽력검 냉이상 대협이시네."

냉이상의 명성은 실로 컸다. 모두의 고개를 자연스럽게 끄덕이게 만들었다.

"완전 잘못 걸린 것이군."

"죄짓고는 못 사는 것이지."

"권불십년이라더니. 하긴 임 가주는 이십 년은 채웠군."

임천세에 대한 동정여론은 없었다. 이한장의 몰살은 그야말로 극악한 사건이었기 때문이었다. 더구나 이한장주의 딸은 겁탈까지 당했다. 장인화를 비롯해 어린 여인들을 능욕했다는 사실만으로도 임천세는 면죄부를 받기 어려웠다.

"하면 북천패가에서는?"

"아직 공식발표를 하지 않은 채 침묵하고 있다네."

"헐헐헐. 하긴 입이 열 개라도 할 말이 없겠지."

"이제 임 공자가 북천패가의 새로운 주인이 될 것이네."

"옛날 같으면 임 공자가 권력을 이어받는다는 것이 말도 안되는 일이지."

"암, 그렇지. 그 같은 악독한 일을 저지른 가문은 멸문까지는 아니래도 어디 산에 들어가 숨어 살아야 할 일이지."

그들이 묵묵히 술잔을 나눴다. 어차피 시대는 바뀌었다. 더큰 죄를 짓는다 해도 북천패가는 망하지 않을 것이다.

"그나저나 임 공자가 북천패가를 잘 이끌어갈 수 있을까?"

"그건 모르지. 남악련에서 어떻게 나올지도 모를 일이고."

"암튼 요즘 같은 때에는 몸 사리는 것이 최고지."

한옆에서 그들의 대화를 잠자코 듣고 있던 죽립여인이 있었다.

이윽고 여인이 그토록 기다리던 이야기가 나왔다.

"내 말하지 않았나? 정 문주가 그럴 사람이 아니라고!"

"흥! 그 말이야 내가 했지."

"이제 누명을 벗었으니 정 문주는 두 다리 뻗고 자겠군."

"다행한 일이야. 까닥했으면 죄없는 정검문 일가까지 화를 당할 뻔했어."

여인이 자리에서 일어났다. 죽립 아래 입가에 환한 미소를 짓는 그녀는 바로 차련이었다. 아버지의 결백이 밝혀진 것이다.

가벼운 마음으로 차련이 밖으로 걸어나왔다.

따스한 햇살이 그간 마음고생했다며 그녀를 반겨주었다.

팔방추괴의 제대로 된 치료 덕분에 아버지는 하루가 다르게 회복되고 계셨다. 이제 더 바랄 것이 없었다.

굴곡 없는 인생은 없다고 한다. 언제나 좋은 일만 있을 수 없겠지만… 나쁜 일이 생겨도 그것을 극복할 수 있는 강인한 삶을 살았으면 하는 마음이 들었다.

얼마나 그렇게 걸었을까? 시장 골목 한옆에 사람들이 모여 있었다.

그곳에서는 길거리 연극 공연이 한창이었다.

사람들이 웃고 박수를 치며 공연을 지켜보고 있었다.

문득 예전 생각이 났다. 적이건을 만난 곳이 바로 이곳이었다.

차련의 입가에 절로 미소가 지어졌다. 그녀가 사람들 사이로 파고들었다.

공연은 한창 절정에 이르고 있었다. 놀랍게도 공연 내용은 북천패가의 몰락에 관한 것이었다.

"이한장의 참변을 일으킨 것을 실토하라!"

버럭 소리를 지르는 배우는 냉이상으로 분장한 배우였다.

그 앞에 당황한 표정으로 대답을 못하는 배우는 물론 임천세였다.

"도대체 그대는 누구요?"

그러자 노인이 검을 휘둘렀다.

쫘르릉!

무대 뒤에서 벼락 떨어지는 소리가 들렸다. 곧이어 임천세 뒤에 있던 벽이 무너지며 또 다른 벽이 모습을 드러냈다. 커다란 벼락 문양이 과장되게 그려져 있었다. 제법 그럴듯한 무대 장치였다.

그것을 본 임천세가 깜짝 놀랐다.

"설마 벽력검!"

벽력검이란 말에 지켜보던 이들 중에서 중년 이상의 나이층에서 감탄이 터져 나왔다. 몇몇 구경꾼들은 환호성을 지르며 박수를 쳤다.

"정검문주를 함정에 빠뜨리기 위해 죄없는 이한장을 몰살시키다니! 넌 도저히 용서할 수 없는 만행을 저질렀다."

"흥! 정검문이 죄가 없다니? 헛소리하지 마라!"

"정검문이 무슨 죄가 있느냐?"

"그들은 감히 본 가의 혼담을 거절했다. 그것만으로도 그들은 멸문을 당해 마땅한 짓을 저지른 것이다."

그러자 구경하던 이들이 야유를 내질렀다.

공연은 과장되고 희화되어 있었지만 분명 사실을 말하고 있었다.

차련이 깜짝 놀랐다. 예술은 언제나 반정치적이다. 그래서 예술은 언제나 저항정신을 지니고 있다. 이들이 목숨을 걸고 이런 공연을 해주는 것은 차련에게는 큰 고마움이다. 아버지의 무죄를 더욱 빨리 세상에 알릴 수 있으니까.

하지만 이들이 어떻게 이 사실을 알았을까?

그때 옆에서 누군가 말했다.

"여전히 연기가 신파적이야. 그래도 오늘 공연은 좀 나은 걸?"

돌아보니 적이건이 서 있었다.

싱긋 웃고 있는 적이건을 보자 차련은 깨달았다. 거리공연 패에게 진실을 알려준 사람이 적이건이란 사실을. 아마도 그들을 지켜줄 것이라는 약속과 제법 큰돈을 주었을 것이다. 과연 저 멀리 무대 옆에 청해칠객 중 두 명이 팔짱을 낀 채 서 있었다.

예전의 그날처럼 차련이 모른 척 고개를 돌렸다. 적이건이 그녀 옆에 나란히 섰다.

공연은 계속되었다.

"네놈의 잔혹한 만행은 이미 만천하에 드러났다."

"어림없는 소리! 제아무리 벽력검이라도 목숨이 열 개는 아닐 터! 죽여라!"

명령과 함께 또 다른 배우들이 쏟아져 나왔다.

무대 위를 누비며 배우들이 칼춤을 추기 시작했다.

차련이 무대를 올려다본 채로 물었다.

"왜 네가 했다고 밝히지 않았어?"

"아무도 믿지 않을 테니까."

차련이 피식 웃었다. 하긴 적이건이 해낸 일은 강호의 그 누구도 믿지 못할 것이다.

"이제 어떻게 할 거야?"

"우리 혼인부터 해야지."

"장난치지 말고."

"나 진심이야."

두 사람의 시선이 허공에서 얽혔다.

장난이 아니란 것, 안다. 하지만…….

잠시 적이건을 응시하던 차련이 차분히 말했다.

"잠깐 따라와."

대답을 기다리지 않고 차련이 앞장서 걸었다.

그러고 보니 적이건을 만난 이래, 처음으로 자신이 앞장서 걷고 있었다. 언제나 적이건이 하자는 대로 이끌려 갔던 그녀였다.

이렇게 앞장서 걸으니 조금 기분이 이상했다.

적이건은 말 잘 듣는 아이처럼 차련의 뒤를 졸졸 따라왔다.

두 사람이 도착한 곳은 도심에서 조금 떨어진 외곽의 들판
이었다. 애초에 이곳으로 데려오겠다고 온 것은 아니었다. 조
용한 곳을 찾았을 뿐이다.

창!

차련이 다짜고짜 검을 뽑아 들었다.

"한판 붙어!"

차련의 말에 적이건이 피식 웃었다.

"무섭게 왜 이래."

"나 지금 진지해!"

차련을 응시하는 적이건의 눈빛이 차련의 그것처럼 진지해
졌다.

"좋아! 붙자!"

적이건이 망설이지 않고 군자검을 뽑아 들었다.

군자검과 숙녀검이 서로를 향해 겨눠졌다.

왜 싸워야 하는지 차련은 이야기하지 않았다.

먼저 달려든 사람은 차련이었다.

쉭! 쉬이익!

차련은 최선을 다해 검을 휘둘렀다. 살심은 없었지만 분명
그 한 수 한 수는 살수였다. 적이건의 무공을 믿었기에 가능한
일이었다.

쉭쉭쉭쉭쉭!

숙녀검이 허공을 검기로 수놓았다.

다섯 줄기의 검기가 허공을 갈랐다. 차련의 실력은 하루가 다르게 늘고 있었다.

"우와! 대단한데?"

말과는 달리 적이건이 가볍게 몸을 비틀어 피했다.

방금 전 한 수로 차련은 자신이 뿌려낸 검기의 사각을 느꼈다.

그것을 없애려면?

생각과 동시에 다시 검기가 발출되었다.

쉭쉭쉭쉭쉭!

아까와는 달랐다. 마치 살아 있는 것처럼 검기가 크게 휘어져 날아들었다.

"으아악!"

적이건이 비명을 지르며 몸을 비틀었다. 검기가 아슬아슬하게 적이건의 가슴을 스치고 지나갔다.

잘린 옷자락을 보며 적이건이 울상을 지었다.

"날 죽일 작정이야!"

하지만 차련은 적이건의 말에 신경 쓰지 않고 있었다.

방금 그 검기… 분명 휘어졌어.

사각을 없애야 한다는 생각으로 검기를 뿌렸다. 내력의 운용과 힘의 배분을 어떻게 했는지 기억이 나지 않았다.

그때 적이건이 웃으며 말했다.

"천천히 해."

자신의 마음을 모두 다 알고 있다는 그런 포근한 눈빛이었다.

차련은 그 두 눈을 응시하고 있었다. 적이건 역시 시선을 돌리지 않았다.

쉭! 쉬이익!

타앗!

차련의 검을 피하며 적이건이 나무 위로 날아올랐다.

차련이 뒤이어 따라 올라갔다. 두 사람이 경공으로 나무 사이를 누비며 날아다녔다. 적이건은 차련이 따라올 수 있을 정도로만 달아났다.

창창창창!

허공에서 두 사람의 검이 불꽃을 일으켰다.

숙녀검과 군자검이 부딪칠 때마다 차련은 어떤 울림을 느낄 수 있었다.

검에 감정이 있을까?

그럴 리는 없다.

하지만 이 이상한 떨림은 대체 무엇일까?

마치 검이 자신의 마음을 알고 있는 듯한 기분이었다.

우우우우웅!

기이이이잉!

숙녀검이 울자 군자검이 함께 울었다.

창창창창창!

검과 검이 만들어내는 것은 불꽃이었고, 그 와중에도 두 사람은 서로에게서 시선을 떼지 않았다.

그를 만난 것은 정말 행운일까? 운명일까?

차련의 마음은 복잡했다.

청혼을 받았으니 결정을 내려야 한다. 물론 천천히 결정을 해도 상관없을 것이다. 적이건은 여전히 같은 모습을 보여줄 테니까.

하지만 차련은 그 결정을 미루고 싶지 않았다.

적이건에 대한 예의라서? 아니다. 솔직히 말하면 결정을 미루다 적이건이 어디론가 떠나가 버릴지도 모른다는 두려움 때문이었다.

믿어야 해. 그런 믿음도 없이 어떻게 혼인을 한단 말이지?

쉭쉭쉭쉭!

차련의 검이 허공을 내질렀다. 습관적으로 검을 휘두를 뿐이었다.

그때였다.

따당!

마치 야단을 치듯 군자검이 숙녀검의 검신을 때렸다.

지잉!

검이 흔들리며 손목이 욱신거렸다.

차련이 정신을 차렸다.

적이건의 눈빛이 자신을 야단치고 있었다. 어떤 경우라도 검을 뽑았으면 정신을 집중하라고.

차련이 고개를 한 번 끄덕였다.

창창!

다시 한 번 숙녀검이 춤을 추었다.

검은 종달새처럼 맑게 울었고 두 사람은 깃털처럼 하늘을 누볐다.

더 이상 움직이지 못할 정도가 되어서야 차련이 검을 늘어뜨렸다.

"헉헉헉!"

차련의 거친 숨소리만이 울려 퍼졌다.

적이건은 말없이 차련을 바라볼 뿐이었다.

이렇게 한바탕 싸우면 어떤 확신을 가질 수 있을 것 같았다.

하지만 차련은 여전히 결정을 내릴 수 없었다. 아니, 오히려 마음이 더 복잡해졌다.

그를 분명 좋아한다.

그와 함께 죽어도 좋을 정도로.

하지만 그로 인해 가족들이 위험에 빠지는 것은 정말 바라는 바가 아니었다.

건너편 나뭇가지 위에서 적이건이 물어왔다.

"네가 걱정하는 게 뭐지?"

"……"

"……"

"가족이 걱정돼."

적이건이 고개를 끄덕였다. 이해한다는 표정이었다.

그리고 다시 물었다.

"네가 걱정하는 그 운명이… 내 운명일까?"

"무슨 말이야?"

"나와 혼인을 해서 가족들에게 좋지 못한 일이 생긴다면 그건 네 운명일까? 내 운명일까?"

"……!"

차련은 순간적으로 대답하지 못했다.

차련이 잠시 고민했다.

적이건을 만나서 만들어진 자신의 운명이겠지.

"…내 운명이야."

"그래, 어디까지나 네 운명이라고 생각해. 나를 만나지 않았다면 이런 일들을 겪지 않았을 거라고? 물론 그랬을 수도 있지. 하지만 내 생각은 달라. 네가 이렇게 될 운명이라면 날 만나지 않았다고 해도 같은 처지가 되었을 거라고 생각해. 물론 내가 아닌 다른 놈팽이라면 더 안 좋은 상황이겠지만."

마지막 덧붙임에 차련이 피식 웃었다.

그래, 그의 말이 맞다.

이 모든 것은 내 운명이다. 그의 핑계를 댈 필요가 없다.

차련이 장난스럽게 말했다.

"비겁한 운명론이십니다!"

적이건이 웃으며 대답했다.

"강호인이 운명을 믿지 못한다면 무엇을 믿어야 하지?"

적이건의 말이 옳은지 그른지는 상관없었다. 적어도 지금 이 순간, 그녀에게 더없이 큰 설득력을 발휘하고 있었다.

그래. 어차피 그를 포기할 순 없어.

차련은 결국 인정했다. 고민을 한다는 것은 자신이 가족에게 할 수 있는 미안함의 표시일 뿐이었다. 결국은 적이건을 선택할 수밖에 없다.

차련이 말했다.

"나 네가 생각하는 것만큼 좋은 여자가 아닐 수도 있어."

"그건 내가 판단할 일이야."

휘리릭.

적이건이 허공을 가로지르며 차련이 서 있던 나뭇가지로 천천히 걸어왔다.

"바람피면 죽어!"

"일편단심!"

적이건이 가슴을 탕탕 쳤다. 그 바람에 허공답보가 흔들리며 적이건이 휘청거렸다.

아래로 떨어지는 적이건을 향해 손을 내뻗었다.

아슬아슬하게 적이건이 차련의 손을 잡았다. 적이건은 생각보다 가벼웠다.

손을 잡힌 채 적이건이 장난기가 사라진 선한 눈매로 차련을 쳐다보고 있었다.

차련이 천천히 적이건을 끌어 올렸다.

나뭇가지에 올라선 적이건이 자연스럽게 차련을 감싸 안았다.

적이건의 따스한 품에 안겨 차련이 마음속으로 속삭였다.

나도 널 좋아해.

*   *   *

며칠 후, 팔방추괴가 반가운 소식을 전해왔다.

예정했던 무인 모집이 끝났다는 것이다. 모집한 무인은 모두 일천 명이었다.

"생각보다 빠른데?"

적이건의 놀란 표정을 보며 팔방추괴가 만족스런 미소를 지었다. 이번 일을 위해 팔방추괴는 자신이 지닌 모든 인맥과 능력을 최대한 동원했다. 수하들 역시 마찬가지였다.

물론 일이 쉽게 풀릴 수밖에 없었던 이유도 있었다.

일단 조건이 최상이었다. 적이건은 새로 모집하는 신풍대 무인들에 대한 투자에 돈을 아끼지 않았다. 적이건은 열 냥을 주면 열 냥짜리 무인이 되고, 백 냥을 주면 백 냥짜리 무인이 된다는 확고한 신념을 거듭 강조했다.

강호 곳곳에서 모인 무인들이었는데, 실력보다는 인성을 염두에 둔 모집이었다. 제아무리 실력이 있다 해도 악행을 저지른 적이 있거나 태도나 성품이 불량한 무인들은 가차없이 제외했다. 실력은 키워질 수 있지만 한 번 정해진 인성은 쉽게 바뀌지 않기 때문이었다.

좋은 소식은 그뿐만이 아니었다.

이번에는 송철영이 그에 못지않은 좋은 소식을 전해왔다.

"그들 오십 명 전원이 최종훈련을 마쳤습니다."

일전에 북천패가의 호신일가 무인들과 격전을 펼쳤던 그들이었다. 이번에 모인 일천 명 신풍대의 조장이 될 이들이었다.

그 혹독한 훈련에 단 한 명의 이탈자가 없었다는 것은 송철영의 탁월한 지도가 빛을 발했기 때문이었다. 그들은 송철영을 제이의 사부로 생각했다.

"수고했어."

적이건이 송철영의 어깨를 두드려 주었다.

송철영은 지난 시간 쌓였던 모든 피로가 한순간에 풀리는 것 같았다.

금전적 대가는 이미 받는 돈으로도 충분했다. 자신에게 선뜻 대환단을 선사한 적이건이었다.

적이건을 위해 목숨을 바치기로 결심한 송철영이었다. 무인으로 살다 보면 때론 뒤를 돌아보지 않아야 할 때가 있는 법이다. 바로 현재 송철영의 마음이 그러했다.

"일단 신풍칠대로 구성을 하겠습니다. 대주는 청해칠객이 맡을 겁니다."

팔방추괴의 계획은 그러했다.

청해칠객이 각기 신풍대주가 되어 신풍일대부터 신풍칠대까지 맡는다. 각 대는 다시 일곱 개 조로 나눠지며, 그 조장들을 송철영이 교육시킨 무인들이 맡았다. 각 조의 숫자는 이십 명으로 구성되었다.

송철영이 강한 자신감을 보였다.

"오늘부터 본격적으로 신풍대의 훈련이 들어갈 겁니다. 최대한 빠른 시간에 정예들로 탈바꿈시키겠습니다."

"너무 무리하지 말라고."

"걱정 마십시오. 다행히 앞서 오십 명의 조장들 성과가 작지 않습니다. 이후 훈련은 조금 편해질 겁니다."

송철영이 든든한 미소를 지어 보였다.

지켜보던 팔방추괴가 씩 웃었다. 송철영에게 대환단과 분광검법을 전했다는 말을 들었을 때, 팔방추괴는 적이건에게 감탄했다. 검패의 분광검법은 그렇다 치더라도, 대환단이라니?

그건 정말 적이건이 아니라면 절대 쉽게 내릴 수 없는 결정이었다. 이제 그 대단한 결정의 수확이 거둬지고 있는 것이다. 그 대가는 본래 그 물건이 지녔던 가치보다 열 배는 더 높은 것들이었다.

자신이 흔쾌히 군사 역을 맡은 이유도 적이건의 그런 대범한 기질을 인정했기 때문이었다.

적이건과 함께라면 적어도 헛된 일을 하다 개죽음을 당하진 않을 것이다. 팔방추괴는 그렇게 확신했다.

"신풍육대와 칠대는 창월단 직속으로 배치하도록."

"그렇게 신경 써주시지 않으셔도 됩니다."

"아냐. 지금도 그렇고 앞으로도 창월단이 가장 중요한 역할을 해야 할 거야."

"감사합니다."

"애초에 다른 이름으로 두 대를 구성하도록 해. 생각해 둔 이름이라도 있나?"

"네. 그렇다면 월영대(月影隊)라고 짓겠습니다."

"좋아! 그렇게 하자고."

신풍오대와 월영이대가 탄생하는 순간이었다.

"참, 그리고 송 사범. 창천문 내에 객잔을 운영할 건데 말이지."

단번에 송철영은 적이건의 뜻을 이해했다. 동호에서 객잔을 하고 있는 자신의 아내와 아들을 창천문으로 데려오란 뜻이었다.

송철영이 당황해서 말했다.

"그러실 필요 없으십니다."

"가족들 안 보고 싶어?"

근래 훈련을 하느라 열흘에 한 번도 보기 힘든 가족들이었다. 물론 아내와 아들은 그런 자신을 잘 이해해 주었다. 변화된 남편에게 힘을 주려 애썼다. 하지만 이해하고 응원하는 것과는 별개로 자신을 몹시 그리워하고 있다는 것을 알고 있었다. 자신 역시 마찬가지였다. 창천문 내에서 객잔을 하게 되면 매일 볼 수 있을 것이다. 하지만 지금까지 받은 특별대우만 해도 부담스러웠다.

"형수님하고 조카, 곧바로 데려와."

"도련님."

"괜찮아! 어차피 누군가에게 맡길 일이잖아. 기왕이면 형수님이 맡아주시면 좋지. 이건 결국 날 위하는 일이기도 해."

송철영이 결국 고개를 숙였다.

"감사드립니다."

"감사는. 곧바로 이사 준비하시게 하고."

이번에는 적이건이 팔방추괴에게 부탁했다.

"아랫사람에게 잘 일러서, 혹시라도 형수님께 폐를 끼치는 일이 없도록 해."

"물론입니다. 걱정 마십시오."

팔방추괴가 활짝 웃었다.

그때 세 사람이 있는 곳으로 누군가 걸어왔다.

"무슨 말씀들을 그리 재미있게 나누십니까?"

걸어오는 이는 바로 화무철이었다. 그 뒤로 새로 제자가 된 철신이 뒤따라 걸어왔다.

근래 창천문의 진법과 기관장치를 위해 얼굴 한 번 보기 힘든 두 사람이었다.

"화 장주, 어서 와."

적이건이 반갑게 그를 맞이했다.

사실 가장 먼저 적이건 진형에 합류한 그였다. 한 번쯤, 팔방추괴나 송철영에게 텃새를 부릴 법도 했지만 그는 그러지 않았다. 조용히 자신의 일에만 열중했기에 팔방추괴나 송철영은 내심 그런 그를 존경하고 있었다. 그런 의미에서 화무철은 강호인이라기보다 장인(匠人)에 가까웠다.

"진법설치와 기관매설이 모두 끝났습니다."

"오! 수고했어. 정말 기쁜 소식이야."

화무철이 맡은 기관과 진법은 새로 지어지는 창천문 설계에 가장 중요한 부분이었다. 창천문의 진법은 모두 셋이었다. 연무장을 지나 일반 무인들의 숙소로 가기 전에 지어진 화원이 첫 번째 진법인 기화구궁진(奇花九宮陣)이었다.

다음 두 번째 연무장을 지나 설치된 진법이 오행칠성진(五行七星陣)이었고, 마지막 진법이 대라명왕진(大羅明王陣)이었다.

특히 대라명왕진은 화무철이 자신하는 최강의 절진이었다. 대라명왕진이 설치된 곳은 바로 문주가 기거하는 본관 건물 앞이었다.

진법뿐만이 아니었다. 그 세 개의 진법 뒤로 칠단사신로(七
段死神路)로 불리는 죽음의 기관장치가 설치되어 있었다.

화무철은 자신했다. 그 어떤 고수도 그 진법과 기관을 뚫고
지나갈 수 없다고.

적이건이 철신에게 물었다.

"일은 할 만해?"

"네."

철신이 무뚝뚝하게 한마디로 대답했다. 그 모습을 보며 화
무철이 미소를 지었다. 자신과 있을 때도 저렇게 무뚝뚝한 철
신이었다. 하지만 일 하나는 정말 제대로인 철신이었다. 그가
아니었다면 이렇게 빨리 완성시키지 못했을 것이다.

철신은 철신대로 화무철과 함께 하는 이 일이 정말 적성에
맞았다. 자신을 보내준 암전상의 임상권에게 미안한 마음이
들 정도로.

적이건이 의미심장한 미소를 지었다.

"이제 그들을 초대할 때가 되었군."

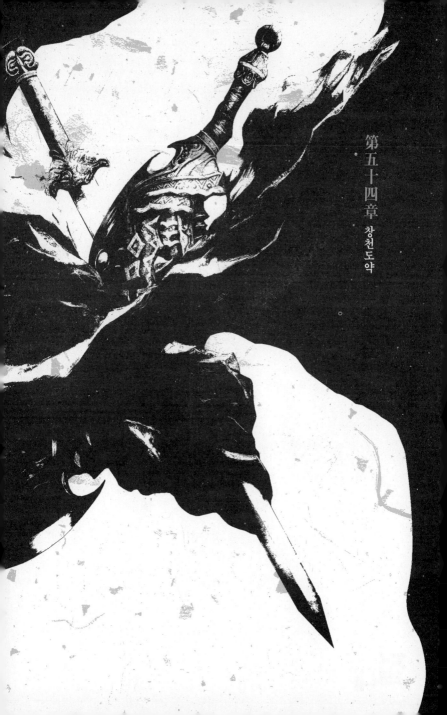

第五十四章 창천도약

絶代
君臨
절대군림

일남일녀의 노소가 신풍장의 현판을 올려다보고 있었다.

"이곳이군요."

이제 신풍장의 현판은 내려졌고 그 자리에 창천문의 현판이 걸려 있었다.

두 사람은 바로 암전상의 임상권과 흑화였다.

"잘 지내고 있을 텐데. 굳이 보러 올 필요가 있겠어요?"

흑화는 그사이 철신이 자주 연락하지 못한 것에 섭섭함을 느끼고 있었다.

그런 흑화의 섭섭함을 모를 리 없는 임상권이었다.

"너는 신이를 그렇게 모르느냐?"

혹화가 새침한 표정을 지었다. 물론 철신에 대해 누구보다 잘 알았다. 그 무뚝뚝한 성격이 오죽할까? 다른 여인에게 눈이라도 돌릴 주변머리가 있음 좋겠지만 그럴 위인도 못 되었다. 아마 하루 종일 묵묵히 망치질이나 하고 있을 것이다. 그래도 여인으로서 섭섭함은 어쩔 수 없었다.

"드디어 적 소협이 웅지를 펼치는구나."

혹화는 임상권이 그 어느 때보다 흥분하고 있다는 것을 느꼈다.

"할아버지는 그 자식을 너무 과대평가하고 있어요."

"과대평가? 스무 살 나이에 천룡대전에서 우승을 했는데? 지금까지 이 강호에 누가 있어 그런 대단한 일을 해내겠느냐?"

"운이 좋았겠지요."

"하하하. 운이 좋아 예선전을 통과할 수 있을진 몰라도, 천룡대전에서 우승할 순 없단다."

임상권은 이제 자신이 본격적으로 나설 때가 되었다는 것을 느꼈다. 예전 적이건과 약속했다. 적이건에게 암전상의 무기를 제공하겠다고. 적이건이 정식으로 문파를 열었으니 이제 본격적으로 자신의 힘이 필요할 것이다.

그 대가는 오직 하나였다. 암전상이 더 이상 어둠 속에서 활약하지 않아도 된다면 그 어떤 대가도 치를 수 있을 것이다.

"할아버지는 그가 해낼 수 있을 거라 믿어요?"

"글쎄다."

물론 임상권은 믿었다. 믿지 않았다면 적이건의 초대에 응하지도 않았을 것이다. 귀밑머리가 허옇게 셀 때쯤 되면 세상일이 생각처럼 그리 호락호락한 것이 아니란 것을 알게 된다. 더구나 이번 일은 더욱더 장담할 수 없는 일이었다. 상대는 내력조차 알지 못하는 고작 스무 살의 젊은이였으니까.

하지만 임상권은 적이건을 믿었다. 적이건에게 승부수를 던진 것이다.

그가 한평생 무기장사를 하면서 배운 것이 하나 있다. 강호인에게 기병의 기연은 그렇게 쉽게 내려지는 것이 아니란 것을.

알고 찾아왔던 우연히 발견했던 풍신갑이란 천고의 보물과 인연이 된 상대였다. 과연 기대대로 천룡대전에서 우승을 했고 이제는 새로운 문파를 열었다. 적이건은 쉬지 않고 한 걸음씩 나아가고 있었다. 적어도 말뿐인 사기꾼은 아니란 말이다.

"저는 솔직히 이해가 되지 않아요."

철신을 적이건에게 맡긴 것이 대표적인 일이다.

그녀는 여전히 적이건이 못 미더웠다.

강호에 있어 암전상의 이름은 가볍지 않았다. 그저 그런 무기상이라 생각했다간 큰코다친다는 말이다. 자체적인 무력도 상당했고, 강호 전역에 거미줄처럼 퍼져 있는 정보망도 대단했다. 그녀가 생각하기에는 자신들과 적이건과의 거래는 분명 자신들이 손해였다.

임상권이 웃으며 말했다.

"좀 더 두고 보면 알게 되겠지. 자, 들어가자꾸나."

그렇게 두 사람도 안으로 들어갔다.

두 사람이 들어가고 얼마 있지 않아 또 다른 두 사람이 그곳에 도착했다.

"여기가 창천문이군요."

도착한 두 사람도 창천문의 현판을 올려다보았다.

"그가 우리에게 초대장을 보낸 것은 의외였소."

그들은 바로 북천패가의 양도정과 백환이었다. 두 사람 역시 적이건에게 초대장을 받았다.

사실 양도정은 그 초대가 예상 밖이란 생각이 들지 않았다. 일전에 적이건은 다시 볼 것이라는 암시를 남겼다. 그게 임하기를 적극적으로 따르는 무리를 향한 말은 아니었을 것이다.

"그를 믿을 수 있겠소?"

백환의 물음에 양도정이 확신에 찬 대답을 했다.

"그야 알 수 없겠지요. 하지만 오늘의 방문은 반드시 필요한 일이라 생각하오."

어차피 두 사람 모두 마음이 북천패가를 떠난 상태였다.

특히 양도정은 더 이상 북천패가에 소속되고 싶지 않았다. 이번에 임천세가 저지른 일은 강호인으로서 절대 용서할 수 없는 일이었다. 백환 역시 비슷한 심정이었다.

하지만 그렇다고 벽력검 하나만 보고 무작정 적이건의 창천문에 들어갈 수도 없는 노릇이었다. 일파의 주인으로 강호를 살아가는 데 가장 중요한 일은 바로 줄을 잘 서는 것이었다. 그 선택이 문파의 흥망성쇠를 좌우했다.

입구에서 손님을 맞이하고 있는 사람은 바로 신풍대의 무인들이었다. 얕보기 힘든 기백과 절도를 갖춘 그들의 모습이었다.

'제법이군. 하긴 우릴 초대했으니 과시용으로라도 최대한 무공이 뛰어난 이들로 배치를 했겠지.'

그때 그곳으로 또 다른 사람이 다가왔다.

"저기 저 사람, 호천문의 가 문주 아니오?"

"그런 것 같소."

"과연 그도 초대를 받았구려."

두 사람의 시선을 느낀 또 다른 죽립 사내가 두 사람 쪽을 쳐다보았다.

그 역시도 두 사람을 알아보았는지 가볍게 고개를 숙여 인사했다. 양도정과 백환 역시 가볍게 고개를 숙였다. 망설이던 사내는 곧장 창천문 안으로 들어갔다. 호천문주 역시 두 사람과 마찬가지로 북천패가에 불만이 많았다.

그들 세 사람 외에도 북천패가에 불만이 많은 모든 수장들에게 초대장이 갔다.

그들은 서로를 알아보았지만 일부러 모른 척했다. 모두 비

숫한 심정이었다. 초대를 받았든 아니든 아직 그들은 북천패
가에 소속되어 있었다. 오늘의 방문은 분명 임하기의 심기를
건드리는 일이 될 것이다.

"우리도 일단 들어가 봅시다!"

"그러지요."

두 사람이 나란히 창천문으로 들어섰다.

그들은 작은 연무장을 지나 화원을 걸었다. 화원 너머의 작
고 아담한 건물을 둘러보며 백환은 실망했다.

"생각보단 규모가 작군요."

양도정 역시 비슷한 심정이었다. 그렇게 당당하고 자신있던
적이건의 모습을 생각할 때 실망감이 들 정도였다.

그깟 규모가 뭐가 중요하냐고 내심 마음을 다스렸지만 신경
이 쓰이는 것은 사실이었다. 자신들을 흡수하려면, 적어도 자
신들의 문파보다는 규모가 커야 하지 않는가? 아름답게 꾸며
진 장원이지만 분명 자신의 문파보다 규모가 작았다. 그들의
실망은 당연한 것이었다.

두 사람이 신풍장의 작은 앞마당에 도착했을 때, 그곳에는
초대받은 많은 사람들이 서 있었다. 대부분 죽립을 써서 얼굴
을 감춘 이들이었지만, 한눈에도 보통 실력자들이 아님을 짐
작할 수 있었다. 체형이나 기도로 대충 알 만한 사람들이었다.

양도정이 백환에게 속삭였다.

"그는 우리에 대해 어떻게 알았을까요?"

북천패가에 불만을 가진 문파를 이렇게 정확히 알아내 초대했다는 것은 실로 놀라운 일이었다.

"과연 그는 비범한 데가 있구려."

앞서 작은 규모에 실망했던 마음이 조금 누그러졌다.

그때 건물 안에서 무영이 밖으로 나왔다.

무영을 보자마자 먼저 와 기다리던 누군가 불평을 토해냈다. 쌍도문(雙刀門)의 벽아정(壁阿靜)이었다.

"손님을 초대해 놓고 이렇게 밖에서 기다리게 하다니."

모두들 비슷한 심정으로 무영을 노려보았다.

그러자 무영이 정원에 모인 군웅들에게 정중히 인사한 후 말했다.

"기다리게 해서 죄송합니다. 기왕이면 한꺼번에 가시는 것이 좋을 것 같아서 불편을 끼쳤습니다."

벽아정이 차갑게 물었다.

"도대체 어디로 간다는 말이오?"

"창천문으로 갑니다."

그 말에 모두들 의아한 표정을 지었다.

"그게 무슨 소리요?"

그러자 무영이 침착하게 대답했다.

"이곳은 외부의 손님이 잠시 대기하는 곳입니다. 여러분은 아직 창천문에 들어오지 않으셨습니다."

모두들 서로를 돌아보았다. 고작 손님들이 잠시 대기하는 곳을 이런 장원으로 만들어놓았다는 사실에 놀란 것이다. 창천문의 입구 역할을 했던 신풍장의 새로운 역할이었다.

"자, 가시죠."

무영이 앞장서 걸었다.

모두들 의아한 마음을 감추며 그 뒤를 따라갔다. 다들 긴장했다.

물론 긴장하지 않은 사람도 있었는데 임상권은 흥미진진한 표정을 지었다.

"몹시 기대되는구나."

그는 애써 목소리를 낮추지 않았다. 마치 주위 사람들에게 들으라는 듯 편하게 말했다.

흑화는 할아버지가 일행에게 적이건에 대한 우호적인 말을 해주고 싶어한다는 것을 눈치 챘다.

"할아버지는 적 소협을 너무 믿는 경향이 있어요."

"하하하. 인정하마."

"도대체 그 장난스럽고 가볍기만 한 적 소협의 어디가 그렇게 믿음직하죠?"

모두들 안 듣는 척 임상권의 대답에 귀를 기울였다.

"사람은 여러 얼굴을 가지고 있다. 그건 너도 인정하겠지?"

"물론이에요."

"그렇다면 너는 적 소협의 어떤 얼굴을 본 것이냐?"

흑화는 할아버지가 하고자 하는 말을 이해했다. 자신이 본 적이건의 얼굴은 앞서 말했던 그런 얼굴이었다.

"할아버지는 적 소협의 어떤 얼굴을 보신 거죠?"

임상권은 그저 미소만 지을 뿐 대답을 하지 않았다.

앞장서 걸어가던 무영이 미소를 지었다.

오늘 이곳에 온 대부분의 사람들은 적이건 때문에 온 것은 아니었다. 벽력검 냉이상. 그를 믿는 마음이었다. 하지만 적어도 임상권은 이 모든 일의 핵심에 적이건이 있다는 것을 정확히 파악하고 있었다.

창천문으로 향하던 비밀 통로 자리에 이제는 커다란 문이 만들어져 있었다.

문 앞을 지키고 서 있는 무인들 역시 호락호락해 보이지 않는 것이 정문의 무인들과 다를 바 없었다.

'제법 신경을 썼군.'

양도정은 한편으론 이해가 가면서도 다른 한편으론 조금 속 보이는 짓이란 생각이 들었다.

보통 문을 지키는 무인들은 그 문파의 가장 하급 무인들인 경우가 많았다. 그렇게 생각할 때, 오늘 창천문은 그들의 무인들 중 가장 뛰어난 무인들을 관문마다 세워둔 것이 틀림없었다.

'그런 속 보이는 짓으로 우릴 회유하려 들다니! 이거 실망이군.'

양도정이 입맛을 다셨다. 다른 가주들 역시 비슷한 생각일 것이다.

그 문을 열고 들어서자 백여 장 길이의 길이 이어져 있었다. 그리고 그 길 양옆은 끝이 보이지 않을 정도로 높은 벽이 쌓아져 있었다. 실로 낯설고도 독특한 구조였다.

그곳을 걸으며 양도정이 좌우를 살폈다.

'만약 이곳에 기관장치를 설치하고 매복을 한다면 실로 지나가기 어렵겠구나.'

도저히 피할 수 없는 구조였다. 담을 넘어 피하기에는 그 담이 너무나 높았고, 달려서 피하기에는 그 거리가 너무 멀었다. 절로 두려운 마음이 들었다.

그리고 양도정의 예측대로 그곳에는 실제 기관장치가 설치되어 있었다.

그 사실을 확신한 사람은 바로 임상권이었다.

철신을 통해 새로운 사부가 귀철산장의 화무철임을 전해 들었기 때문이었다. 화무철이라면 당연히 기관장치를 했을 것이다. 그것도 죽음의 기관으로.

백환이 단도직입적으로 물었다.

"창천문의 전력은 어떻게 되오?"

"아직 완전히 갖춰지진 않았습니다. 현재 창천문에는 신풍대만 조직되어 있습니다."

"아까 그들이 신풍대의 무인들이오?"

"네, 그렇습니다."

앞서 양도정이 가졌던 생각을 백환 역시 하고 있었던 모양이었다.

백환이 불신에 찬 눈빛으로 집요하게 물었다.

"신풍대는 모두 몇 명으로 구성되어 있소?"

"일천 명입니다."

오늘 방문한 이들을 위해 뭐든 숨기지 말고 대답해 주란 적이건의 명령이 있었다.

"뭐요?"

백환은 물론이고 듣고 있던 모두가 깜짝 놀랐다.

보통 일반 문파의 무인들은 일백 명 내외였다. 일백 명이 더 되는 문파도 있었고, 수십 명으로 구성된 곳도 있었다. 말이 천 명이지, 일반 문파에 천 명의 무인이란 어마어마한 숫자였다.

"흥! 앞으로의 목표를 말씀하신 것은 아니오?"

백환의 말에 몇몇 사람들이 웃음을 터뜨렸다. 그들 역시 무영이 공연히 허풍을 떤다고 생각했다.

무영은 그저 미소만 지을 뿐이었다.

그들이 길 끝에 다다랐다.

거대한 철문 앞에 십여 명의 무인들이 철통같은 경계를 하고 있었다. 모두들 이곳이 정식 창천문의 입구임을 알 수 있었다.

거대한 철문이 열리고 그들이 안으로 들어서는 순간.

"우아아아!"

앞장서 걸었던 양도정이 깜짝 놀랐다. 그뿐만이 아니었다. 어지간히 여러 문파를 다녀봤다고 자부하는 이들조차도 깜짝 놀랐다.

실로 큰 연무장이 그들 앞에 펼쳐져 있었던 것이다. 이렇게 큰 연무장은 그 어디에서도 본 적이 없었다.

연무장에서는 신풍대의 훈련이 한창이었다.

우렁찬 기합 소리와 함께 절도있는 동작으로 검을 휘둘렀다. 일천 명에 달하는 이들이 기합을 내지르자 지축이 흔들리는 것만 같았다.

그 앞에서 총사범인 송철영이 내공 실린 호령을 하고 있었다.

모두들 넋을 잃고 그 모습을 지켜보았다.

원래 신풍대는 시간대별로 각 대마다 따로 훈련을 받았다. 하지만 오늘은 초대된 이들을 위해 특별히 마련된 훈련이었다. 천 명이 동시에 보여주는 군무는 그야말로 대단한 장관이었다. 연무장이 워낙 커서 천 명이 함께 훈련을 받아도 좁게 느껴지지 않았다.

너무나 큰 규모의 훈련에 사람을 사서 일부러 규모를 부풀린 것이 아닐까 하는 의심이 들 정도였다.

하지만 무인들은 그저 머릿수로 채워놓은 이들이 아니었다. 그 하나하나가 앞서 관문을 지키고 있는 무인들과 비슷한 실력으로 보였다. 그 말은 곧 어지간한 문파의 잘 훈련된 정예들이 무려 천 명이나 된다는 말이었다.

조장에게 임시로 훈련을 맡긴 후, 송철영이 그들 쪽으로 다가왔다.

모두들 송철영의 단단하고 빈틈없는 기도에 다시 한 번 놀랐다. 그의 기도는 그곳에 모인 북천패가 가주들을 넘어서고 있었다.

"누굴까요?"

"또 다른 고수가 아니겠소?"

양도정과 백환이 마주 보며 눈짓을 주고받았다.

무영이 그를 소개했다.

"총사범을 맡고 계신 송 사범이십니다."

송철영이 정중히 포권했다.

"송철영입니다. 창천문에 방문하신 것을 환영합니다."

모두들 조금 기가 눌린 표정들이었다. 자신들보다 강한 사람이 사범을 맡고 있다고 하자 모두들 창천문을 얕잡아보던 마음이 사라졌다.

다시 그들이 걸음을 옮겼다. 무영이 이곳저곳 친절하게 설명했다.

모두들 조금 기가 죽은 상태여서 더 이상의 질문은 없었다. 그저 고개를 끄덕이며 엄청난 규모에 감탄할 뿐이었다.

그들이 연무장을 벗어나 두 번째 연무장에 들어섰을 때였다.

반대편 쪽에서 일곱 명의 사내가 그들에게로 걸어왔다. 그들은 바로 이번에 신풍대와 월영대의 대주를 맡은 청해칠객이었다.

가주들의 발걸음이 자연스럽게 멈췄다. 다가오는 사내들의 기도 역시 앞서 송철영 못지않았던 것이다. 게다가 자그마치 일곱. 그중 가운데 선 사내의 기도는 압도적이었다.

그는 바로 청해칠객의 첫째인 황영기(黃英起)였다. 사내답고 무뚝뚝한 인상이었다.

황영기와 무영이 가볍게 인사를 나눈 후 서로 스쳐 지나갔다.

강렬한 기도를 내뿜는 일곱 명이 지나가자 모두들 그들에 대해 의문을 가졌다.

백환이 조심스럽게 무영에게 물었다.

"저분들은 누구시오?"

"아! 저희 신풍대의 대주들입니다."

모두들 깜짝 놀랐다. 일개 대주들이 거의 자신들과 비슷한 무공이거나 더 뛰어나 보인 것이다.

사실 이 우연스런 만남 역시 의도된 것이었다. 덕분에 창천문에 대한 불신과 불안은 완전히 씻겨 나갔다.

그들이 하나의 커다란 건물 앞에 섰다.

"이곳입니다."

건물 옆으로 갖가지 사철 꽃이 가득 핀 커다란 화원이 펼쳐져 있었다. 그 너머 저 멀리 커다란 건물이 보였다. 평범해 보이는 그 화원이 바로 기화구궁진이었다.

"저곳은 어디요?"

"문주님이 거처하시는 곳입니다. 죄송하지만 그곳으로는 갈 수가 없습니다."

무영이 그들을 대객청으로 안내했다.

너른 객청 안은 실력 좋은 악사들이 연주를 하고 있었고 길게 늘어놓은 탁자 위에는 최고급 요리들과 술이 마련되어 있었다.

"곧 문주님께서 오실 겁니다. 잠시만 기다려 주시지요."

모두들 자리에 앉았다. 차려진 만찬은 모두를 감탄하게 만들었다. 맛있는 음식깨나 먹고 다녔다고 자부했던 백환조차 고개를 내저을 정도였다.

모두들 맛있는 음식에 기분이 좋아졌다. 모두들 배불리 먹고 긴장이 풀리자 이윽고 적이건이 등장했다.

그들이 오다가 만난 모든 것과 적이건의 등장까지 처음부터 끝까지 팔방추괴가 세운 계획이었다.

사람이 배가 고프면 신경이 날카로워지고 배가 부르면 마음이 푸근해진다는 점까지도 이용한 치밀한 계획이었다.

"오랜만에 뵙습니다."

적이건이 정중하게 인사를 건넸다.

"오랜만이오!"

모두들 적이건에게 호의적인 눈빛을 보냈다.

적이건이 그들을 천천히 둘러본 후 입을 열었다.

"남악련에서는 임천세의 죽음을 그냥 두고 보진 않을 겁니다. 곧 어떤 식으로든 도발이 있을 것이고, 전쟁이 발발할 수도 있습니다. 그전에 여러분은 북천패가에 남을 것인가, 아니면 저희 창천문으로 들어오실 것인가를 결정하셔야 합니다. 전쟁이 나면 이미 늦습니다."

모두의 표정이 무거워졌다. 다들 걱정하는 바였고, 오늘 방문의 주된 이유기도 했다.

"저는 돌려 말하는 것을 싫어합니다. 거두절미하고 본론부터 말씀드리겠습니다. 여러분이 가장 걱정하시는 것은 저희 창천문이 과연 여러분의 가문을 지켜줄 수 있을까 하는 점일 겁니다."

양도정이 묵묵히 고개를 끄덕였다. 북천패가의 이탈로 인한 보복을 피할 수 있느냐 없느냐. 그것은 곧 자신들의 목숨과도 직결된 문제였다.

적이건이 차분히 말을 이었다.

"결론부터 말씀드리자면, 지켜 드릴 수 있습니다. 단, 한 가지 조건이 있습니다. 여러분의 큰 협조가 필요합니다."

백환이 낮은 목소리로 양도정에게 물어왔다.

"적 소협이 과연 무엇을 원할까요? 돈이나 문도를 바치라는 것이 아닐까요?"

"글쎄요."

양도정의 추측으로는 그럴 것 같진 않았다. 백환에 비해 양도정은 좀 더 적이건과 창천문에 호의적이었다. 달리 말하면 백환에 비해 북천패가에 대한 저항감이 더 컸다.

적이건이 백환을 보며 씩 웃었다.

"제가 여러분께 원하는 것은 돈이나 문도가 아닙니다."

백환이 머쓱하게 웃었다.

적이건이 차분히 말했다.

"지금 당장 여러분의 충성을 바라지 않습니다. 마음에 없는 충성은 충성이 아니죠."

그 역시 모두들 동의했다. 겉으로 충성하는 척하는 것은 쉬운 일이다. 지금까지 그래 왔듯이.

"우선 서로에 대한 믿음이 필요하다고 생각합니다."

곧이어 가주들로서는 놀랄 요구가 이어졌다.

"쓰고 계신 죽립이나 인피면구를 벗어주십시오."

다들 서로의 눈치를 살피며 망설였다.

"그게 싫으신 분은 곧장 일어나서 돌아가 주시기 바랍니다."

적이건은 강경하게 나섰다.

누군가 항의 조로 말했다.

"아직 창천문에 대해 자세히 알지 못하는데, 시기상조 아니오?"

적이건의 대답은 단호했다.

"마찬가집니다. 여러분이 저희를 믿지 못하는데 저는 어찌 여러분을 믿겠습니까?"

잠시 침묵이 흘렀다.

몇 사람이 자리에서 일어났다. 적이건의 요구가 마음에 들지 않은 이들이었다.

적이건이 정중히 포권하며 말했다.

"걱정 마십시오. 여러분은 오늘 이 자리에 온 적이 없으십니다."

그들이 조금 가벼운 마음으로 객청을 빠져나갔다.

나머지 사람들은 갈등하고 있었다.

가장 먼저 행동을 한 사람은 바로 양도정이었다.

'기왕 마음을 굳혔는데.'

망설일 이유가 없었다. 양도정이 죽립을 벗자 그 뒤를 따라 백환이 죽립을 벗었고 이윽고 모두들 얼굴을 가린 것들을 벗어냈다.

가주들이 서로를 돌아보았다. 물론 다 아는 얼굴이었는데 대부분 북천패가에 불만이 있으리라 짐작했던 사람들이었다. 물론 그중 몇몇은 전혀 예상치 못한 이들도 있었다. 어쨌든 이렇게 정체를 드러내자 한편으론 불안했고 또 한편으론 마음이 편해졌다.

적이건이 차분히 말했다.

"앞으로도 여러분과 일을 함에 문서는 남기지 않겠습니다."

모두들 의외란 생각이 들었다. 최소한 자신들을 옭아맬 연판장(連判狀)을 돌릴 줄 알았다.

"이제부터 우린 한 식구입니다."

그게 진심이든 아니든 가주들의 입장에서는 꽤 고마운 말이었다.

양도정이 물었다.

"어차피 이렇게 된 것 우리 양씨도문은 성심성의껏 창천문을 돕겠소. 하면 창천문은 어떻게 우릴 지켜줄 작정이시오?"

적이건이 담담히 말했다.

"여러분은 호북은 물론이고 하남과 멀리는 산서와 하북에 가업을 두신 분들입니다. 돕고 싶어도 거리가 멀어 돕지 못할 수도 있습니다. 따라서 저희와 안전하면서도 완벽한 연락 체계를 갖추어야 합니다."

"연락 체계가 갖춰진다고 위기 상황에서 우릴 도울 수 있소?"

질문을 한 사람은 산동 철권문(鐵拳門)의 문주 공인창이었다. 가장 거리가 먼 축에 속했기에 그의 걱정은 다른 사람들보다 컸다.

"물론입니다."

"어떻게 말이오?"

"만약 이십 일이 걸리는 거리에 있다면, 이십 일 전에 상대의 공격을 알아차리면 됩니다."

"그게 가능하오?"

"가능합니다."

적이건의 확신에도 모두들 불안한 마음이 가시지 않았다.

"그리고 최대한 빠른 시간 내에 여러분이 속한 지역을 최우선으로 창천문의 분타를 만들어 나갈 작정입니다."

그때 방 안으로 십여 명의 사람이 안으로 들어왔다.

가주들이 일제히 자리에서 일어났다.

앞장선 사람이 바로 벽력검 냉이상이었던 것이다. 냉이상을 필두로 무영과 팔방추괴, 송철영과 신풍대주들이 모두 들어왔다.

가주들이 냉이상에게 포권을 하며 인사했다. 정중히 인사를 받은 후, 냉이상이 정중하게 적이건에게 인사했다.

"문주님을 뵙습니다."

적이건의 권위에 힘을 실어주는 일이었다.

그들이 적이건 뒤에 죽 늘어섰다. 따로 보았을 때는 느끼지 못했는데 그들이 한곳에 모이자 엄청난 힘과 박력이 느껴졌다. 전성기 때의 북천패가보다 훨씬 더 강한 힘이 느껴졌다. 앞서 불안한 마음이 한결 가벼워졌다.

적이건이 큰소리로 자신있게 말했다.

"오늘의 선택, 절대 후회하지 않으실 겁니다!"

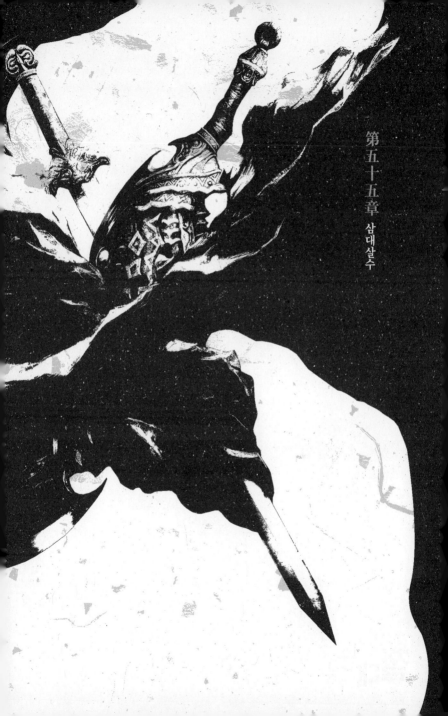

第五十五章 삼대살수

絶代
君臨
절대군림

"개 같은 놈! 감히 날 우습게 봤다 이거지?"

사우패는 생각하면 생각할수록 적이건에 대한 분노를 참을 수 없었다.

그의 기준에서 스무 살짜리는 자신에게 눈도 마주쳐서는 안 될 존재였다. 그런 어린놈에게 수모를 당하다니. 벽력검을 등에 업고 기고만장한 꼴이라니.

마음 같아선 당장이라도 찾아가 박살을 내고 싶었다.

하지만 그럴 수는 없었다. 그 섬뜩한 눈빛이 아직도 잊혀지지 않았다. 그래서 더 화를 내고 있는 것인지 몰랐다. 고작 스무 살짜리에게 기세가 눌렸다는 수치심을 잊기 위해. 그래서 더 벽력검을 평계삼는지 모를 일이었다.

어쨌거나 결국 그의 선택은 한 가지였다.

자신이 직접 해결할 수 없는 일에 당면했을 때마다 그가 항상 선택해 온 길이었다. 벽력검이 있어도 상관없다. 지금 이 선택을 하지 않으면 화병으로 죽고 말 것이 틀림없었기에. 지금까지처럼 뒷일은 뒤에 걱정할 것이다.

그가 도착한 곳은 상화전장이었다.

상화전장은 인근 상인들을 상대하는 소규모 전장이었다. 상인들이 한창 장사를 하는 시간이라 전장 안은 썰렁했다. 상화전장이 북적일 때는 상인들이 장사를 마치는 저녁 시간이었다.

입구를 지키던 무인이 날카로운 눈빛으로 사우패를 훑어보았다.

그에 비해 철창 너머 회계를 맡고 있는 칠용이 친근한 눈빛을 보내왔다.

"어서 오십시오."

사우패가 말없이 품에서 무엇인가를 꺼냈다.

조용히 철창 아래 작은 공간으로 밀어 넣는 것은 한 장의 봉투였다.

핏빛의 붉은 봉투였는데 그 겉장에는 아무것도 적혀 있지 않았다.

봉투를 받아 든 칠용이 사무적으로 봉투 속의 돈을 꺼내 세었다. 칠용의 눈빛이 살짝 흔들렸다. 돈의 액수에 놀란 것이다. 전표 뒤에 한 장의 종이가 끼어 있었다.

칠용이 마치 상인들의 돈을 맡을 때처럼 태연히 말했다.

"접수되었습니다."

그리고는 동전 크기의 아주 작은 금패를 건넸다.

금패를 받아 든 사우패가 미련없이 그곳을 나섰다.

칠용이 자신의 발아래 쪽에 돌출한 작은 나무를 밟았다. 그러자 뒤쪽 문이 열리며 사내 하나가 걸어나왔다.

칠용이 아무 말도 하지 않았음에도 사내는 이미 자신이 해야 할 일을 알았다는 듯 사우패를 따라 전장을 나섰다.

칠용이 사우패가 맡긴 봉투를 들고 사내가 나왔던 뒤쪽 문으로 들어갔다.

문안은 작은 대기실이었는데, 병장기를 착용한 십여 명의 사내가 자리에 앉아 있었다. 전장을 지키는 무인들이었다.

칠용이 다시 그 방을 지나 뒷문으로 나갔다.

긴 복도가 이어졌다.

복도에 들어서기 전, 칠용이 허공에 대고 말했다.

"칠용, 긴급보고입니다."

그러자 복도 천장에서 묵직한 음성이 들려왔다.

"알겠다."

허가가 떨어지자 칠용이 복도를 따라 걸었다. 복도 사방에 은신한 무인들은 앞서 대기실의 무인들보다 훨씬 고수들이었다.

천천히 걸음을 옮긴 칠용이 복도 끝방으로 들어갔다.

방을 열고 들어가자 그곳은 빈방이었다. 금방이라도 무엇인가 튀어 날아올 것만 같은 그 방의 가운데 서서 사내가 말했다.

"칠용, 긴급보고입니다."

기이잉!

정면의 벽이 열렸다.

다시 벽을 따라 칠용이 빠른 걸음을 옮겼다. 그가 걷는 양쪽 벽에는 수백 개의 구멍이 총총히 나 있었다. 일반 고수들은 그곳에서 튀어나오는 절독이 발라진 강침을 막을 수 없었다. 이미 숱한 시험을 통해 검증된 기관이었다.

이윽고 최종 기관을 통과한 그가 다시 하나의 문 앞에 섰다.

문을 열고 들어가자 커다란 원탁 중앙에 누군가 앉아 있었다.

바로 이 위험한 기관장치를 거쳐야만 만날 수 있는 인물, 그는 바로 귀살문주였다.

상화전장은 바로 귀살문의 본단이었다. 사실 귀살문과 오랜 거래를 한 이들조차도 이곳이 귀살문의 본단이란 것을 알지 못했다. 살수단체는 강호 곳곳에 여러 모습으로 운영되고 있으니 이곳도 그중 하나라고만 여길 뿐이었다. 물론 전장 역시 정상적으로 운영되고 있었다. 전장사업은 살수들의 돈세탁에 가장 유용한 사업 중 하나였다.

귀살문주와 함께 이야기를 나누던 인물은 귀살문 십대살수 중 하나인 귀수였다.

　귀살문주가 나른하게 물었다.

　"긴급보고라고?"

　"네. 방금 십만 냥짜리 청부가 들어왔습니다."

　"뭐?"

　귀살문주가 벌떡 자리에서 일어났다. 십만 냥짜리 청부는 그야말로 일 년에 한 번 올까 말까 한 그런 대형청부였다. 함께 있던 귀수도 깜짝 놀랐다.

　칠용이 재빨리 붉은 봉투를 건넸다.

　봉투를 받아 읽던 귀살문주가 고개를 갸웃했다.

　"신풍장의 적이건?"

　전표 뒤의 종이에 적혀 있는 것은 바로 청부 대상이었다.

　그러자 귀수가 재빨리 말했다.

　"적이건이라면 이번에 천룡대전에서 우승한 자입니다."

　귀살문주 역시 이미 들어본 이름이었다.

　"이깟 애송이 하나 죽이는데 십만 냥이나? 청부자가 누구지?"

　"곧바로 서선생을 하나 붙였습니다. 곧 알아내서 보고할 겁니다."

　원래 살수단체에서 청부자의 뒤를 캐는 것은 불법이었다. 절대 청부자를 알려 하지 않는다는 것이 대부분 살수단체에서 주장하고 광고하는 바이기도 했다. 하지만 그들 대부분은 은밀히 청부자의 뒤를 캤다. 물론 지금처럼 건수가 큰 경우에는 반드시 캤다.

귀살문주가 입맛을 다셨다.

"감이 별론데. 이거 또 어디서 약 친 것 아냐?"

일전에 양수창을 죽여달라는 청부로 큰 곤혹을 겪은 그들이었다.

"일단 일서를 불러."

일서는 서선생 중 최고의 정보력을 지닌 인물로 한마디로 서선생들의 지도자였다. 칠용이 밖으로 나갔다.

"자네 생각은 어때?"

"확실히 의심스런 청부입니다만, 포기하기에는 액수가 너무 크지 않습니까?"

귀수의 대답에 귀살문주가 고개를 끄덕였다.

"그렇긴 하지?"

근래 복건 지역 진출을 위해 준비 중인 그들이었다. 지난번 남악련과의 거래의 대가였다. 원래 그곳을 장악하고 있는 혈사번을 밀어내기 위해 막대한 자금이 필요했다. 물론 자리를 잡으면 몇 년 안에 그 몇 배의 돈을 벌어들일 것이다.

"그냥 사망곡으로 돌려?"

"이 큰 건수를 말입니까?"

"그럼 일단 먹고 봐? 천룡대전 우승자인데 삼켰다 탈나면?"

"그야 뭐 자연사로 처리하면 감쪽같지 않겠습니까?"

"으음."

"일단 일서의 생각을 들어볼 필요가 있을 것 같습니다."

잠시 후 일서가 그곳으로 들어왔다.

"부르셨습니까?"

"응, 청부가 하나 들어왔는데 말이지."

"보고받았습니다."

"아, 그래? 빨라서 좋다니까."

귀살문주가 청부 내용을 일서에게 건네며 물었다.

"어떻게 생각해?"

신중히 청부 내용을 읽고 난 후 일서가 차분히 말했다.

"아무래도 이번 청부는 북천패가와 관련이 있는 것 같습니다."

"북천패가와?"

"네. 지급으로 들어온 정보가 있습니다. 이 적이건이란 자가 임천세의 죽음과 관련이 있다는 정보입니다."

귀살문주가 난처한 표정을 지었다.

"어떤 식으로?"

"그건 아직 확실히 밝혀지지 않았습니다."

북천패가란 말을 들으니 만정이 뚝 떨어지는 기분이었다.

"혹시 지난번 그 일로 북천패가에서 우릴 잡아먹으려는 것 아냐?"

그러자 일서가 고개를 내저었다.

"그건 아닐 겁니다. 임천세가 죽은 지금, 북천패가는 내부의 일을 처리하기에도 급급합니다. 외부공작 가능성은 거의 없습니다."

"그럼 다행이긴 한데. 빌어먹을. 요즘 마가 끼었나? 큰 건수만 걸리면 이 지랄이네."

하긴 요즘 제대로 마(魔)가 낀 그였다.

잠시 후, 또 다른 사내가 안으로 들어왔다. 앞서 사우패를 미행했던 그 사내였다. 그가 일서에게 귓속말을 한 후 방을 나갔다.

일서가 미행 결과를 보고했다.

"청부자 신원이 밝혀졌습니다. 철장문주 사우패입니다."

"철장문이라면 북천패가 소속이잖아?"

"네, 그렇습니다."

귀살문주가 다시 일서를 쳐다보며 말했다.

"자네 말이 확실한 것 같군. 적이건 이자, 임천세 죽음과 확실히 관련된 것 같네."

그러자 귀수가 말했다.

"그럼 먹어도 되지 않겠습니까?"

"왜?"

"일단은 은원관계가 확실한 청부 아닙니까?"

"함정은 아니다?"

"그렇죠. 지들끼리 치고받고 싸우다 생긴 은원 아닙니까? 적어도 저희와는 관련이 없지요."

오직 정보만을 제공하는 일서는 더 이상 입을 열지 않았다.

귀살문주는 한참을 고민했다. 왠지 불안한 마음이 들었다. 마음속 깊은 곳에서 본능이 '위험해, 받지 마!' 라고 속삭이고 있었다.

그에 비해 귀수는 이번 청부를 놓치기 아까웠다.

"최고로 보내는 겁니다."

귀수의 설득이 계속되었다. 비단 그의 설득이 아니더라도, 요즘 같은 시기에 이 같은 대형청부를 놓치기는 정말 아까웠다.

이윽고 귀살문주가 결정을 내렸다.

"위로 셋 다 소환해!"

*   *   *

맑은 방울 소리에 지나가던 행인들이 고개를 돌렸다가 이내 제 갈 길을 재촉했다.

추레하고 늙은 곱사등이가 수레를 몰고 있었는데 방울 소리는 수레를 끄는 늙은 나귀의 목에 걸린 쇠방울에서 나는 소리였다. 흔히 볼 수 있는 광경이어서 아무도 눈여겨보지 않았다. 소란스러워서 오히려 더 눈에 띄지 않았다.

딸랑딸랑 소리를 내며 수레가 멈춰 선 곳은 무한 외곽의 한 수풀 옆이었다. 길에서 벗어난 곳이어서 지나다니는 사람이 없었다.

노인이 수레에 실린 항아리에서 술을 퍼 마셨다.

"크앗! 시원하다."

노인이 품 안에서 육포를 꺼내 질겅질겅 씹어댔다.

그때 수레 옆 숲에서 누군가 말했다.

"일하기 전에 술 드시는 그 버릇은 여전하시군요."

노인이 하늘을 올려다보며 말했다.

"이 사람아! 이 맛조차 없으면 무슨 낙으로 사누?"

숲에서 누군가 걸어나왔다. 평범하게 생긴 삼십대의 사내였다. 그가 수레에 걸터앉았다.

곱사등이 노인이 물었다.

"어디서 오는 길이냐?"

"홍안(紅安)에서 오는 길입니다."

"홍안이라면 쌍패(雙覇) 건? 벌써 끝냈어?"

"나란히 보내줬으니 저승길이 외롭진 않을 겁니다."

"제법이구나."

"제법이란 말을 듣기에는 제가 너무 많이 컸죠."

"하핫! 인정해야겠군."

노인이 껄껄 웃으며 술을 들이켰다.

곱사등이 노인과 중년 사내의 조합은 꽤나 이상할 만했지만 의외로 잘 어울렸는데, 그건 그들의 선천기운이 같았기 때문이었다.

곱사등이 노인은 바로 귀살문의 십대살수 중 한 명인 귀추였고 중년 사내는 역시 십대살수인 귀영이었다.

"목표에 대해 들었나?"

"아직 못 들었습니다."

귀추의 물음에 귀영이 고개를 내저었다.

"누굽니까?"

"다 모이면 이야기하지."

그 말에 귀영이 깜짝 놀랐다.

"저희 둘에게 내린 임무 아닙니까? 전 그렇게 알고 왔습니다만."

그러자 귀추가 턱 짓으로 길 끝을 가리켰다.

저 멀리서 누군가 걸어오고 있었다. 천천히 바른걸음으로 걸어오는 사내는 바로 이제 귀살문 제일살수가 된 귀혼이었다.

"설마? 저희 셋 모두 동원된 겁니까?"

귀추가 대답 대신 술을 들이켰다.

귀살문의 십대살수들은 대부분 혼자서 일했다. 청부 대상이 제아무리 고수라도 십대살수들이라면 혼자서 암살에 성공했다. 그래서 그들이 십대살수라 불리는 것이다.

이렇게 둘 이상의 십대살수에게 명령이 내려온 것은 칠 년

전, 길림칠괴(吉林七怪)를 암살할 때가 마지막이었다. 상대가 워낙 고수인데다 일곱이 한시도 떨어지지 않기 때문에 둘이 동원되었던 것이다.

그런 길림칠괴를 상대할 때도 둘이 나갔는데, 한데 셋이라니?

그것도 서열 일위부터 삼위까지, 귀살문 삼대살수가 전원 동원되는 임무였다.

이윽고 천천히 걸어온 귀혼이 수레에 도착했다. 그는 도착하자마자 귀추의 술부터 뺏었다.

"목표는 신풍장의 적이건이다."

귀혼의 말에 귀영이 의외란 표정을 지었다.

"이번 천룡대전의 우승자 말입니까?"

"맞다. 바로 그자다."

귀영이 고개를 끄덕였다.

한편으론 수긍이 가면서도 한편으론 과하다는 생각이 들었다.

천룡대전의 우승자라면 분명 강호의 이목을 받고 있는 인물이었다. 실력도 실력이지만 그를 죽인다는 것 자체가 큰 부담이 되는 임무였다. 하지만 그렇다고 자신들 셋이나 모인 것은 과한 일이라고 귀영은 결론 내렸다.

"얼마짜리랍니까?"

"십만 냥."

"후아!"

귀영이 과장된 표정으로 감탄했다.

"비싸고 중요한 임무란 건 알겠는데, 그렇다고 우릴 모두 부르다니 기분이 좀 그렇습니다."

그건 귀혼 역시 마찬가지였다. 아니, 귀추나 귀영보다 기분이 더욱 나빴다.

만약 귀명이 있었을 때라면 분명 귀명에게 혼자 맡겼을 것이다.

이건 지금 자신을 믿지 못한다는 것이었다.

'빌어먹을!'

실종된 귀명에게 경쟁의식을 떨쳐 낼 수 없는 귀혼이었다.

인정할 수밖에 없는 상대기도 했다. 귀명은 참으로 똑똑했고 신중했다.

그랬던 그가 도대체 어떻게 된 것일까? 당했다면 대체 누구에게 당한 것일까?

모두 다 죽었다고 생각하고 있었지만 귀혼은 귀명이 어딘가 홀로 은거했다고 생각했다. 살수 생활에 염증이 났을지도 모르지. 그만큼 귀명은 대단한 살수였다.

귀영과 귀추는 그런 귀혼의 불편한 마음을 읽어냈다.

귀영이 불평 섞인 어조로 말했다.

"우리 문주님, 요즘 너무 몸을 사리는 것 같지 않습니까?"

물론 반 농담이었는데 귀추가 웃으며 맞장구쳤다.

"원래 수중에 돈이 많아지면 자연 몸을 사리게 마련이지."

공감이 간다며 귀영이 킬킬거리며 웃었다.

그러자 귀혼이 딱 잘라 말했다.

"조심해야지. 요즘 같은 때에는 특히 더."

귀혼은 두 사람에게 위로 따위 받긴 싫었다. 귀추와 귀영은 분명 자신보다 한 수 아래였다. 그들과 함께 농을 섞으며 그 차이를 줄이고 싶지 않은 게 솔직한 그의 심정이었다. 살수에게 우정 따윈 마음의 짐이 될 뿐이니까.

귀혼이 눈짓하자 귀추가 품에서 준비된 것을 꺼냈다.

"얼마 전 창천문으로 이름이 바뀐 신풍장의 기초 설계도면이네. 서선생이 보내온 것이네. 최종도면은 구하지 못했다고 하는군. 서선생들이 구하지 못한 걸 보니, 제법 비밀리에 지어진 듯하네."

기초도면이라도 큰 도움이 될 터, 세 사람은 도면을 자세히 살폈다. 일류살수들은 지도와 도면 등을 외우는 데 일가견이 있었다. 과연 그들은 일각도 되지 않아 신풍장의 지형지물을 완전히 숙지했다.

"현재 목표인 적이건은 신풍장에 있는 것으로 알려져 있네. 정검문의 문주와 그 식솔들이 함께 묵고 있는 걸로 알려져 있고. 정검문주의 무공은 크게 신경 쓸 필요가 없네. 더구나 부상까지 당한 것으로 알려져 있네."

"또 다른 특이사항은 없소?"

"적이건의 부모가 와 있다는군."

"강호인이오?"

귀혼의 물음에 귀추가 고개를 내저었다.

"청해성에서 과일상을 했다더군."

세 사람은 잠시 생각에 잠겼다. 생각보다 쉬운 작업이었다.

귀혼이 품 안에서 무엇인가를 꺼내 각각 두 사람에게 건넸다.

극락비침(極樂秘針)이라 불리는 암기였다.

극락비침은 하나의 가는 침을 발사하는 암기였는데 침에 발린 독은 무형지독에 버금가는 절독으로, 특이한 점은 체내에 들어간 침은 일각 안에 녹으며, 심장이 굳어져 목숨이 끊어지면 그 독성분 역시 사라진다는 데 있었다.

정말 희귀하고 비싼 독이었는데, 귀살문에서 암살을 했다는 것을 숨기려 할 때 사용하는 독이었다. 상대가 천룡대전 우승자이니 당연한 선택이었다.

극락비침을 받아 들며 귀추가 귀혼에게 물었다.

"어떻게 할 건가? 합동할까? 아님 자네가 하고, 우리가 보조해 줄까?"

귀혼은 잠시 생각에 잠긴 채 대답을 아꼈다. 기분 나쁜 건 나쁜 거고, 뭔가 찝찝한 기분이 들었다.

문주가 왜 자신들을 셋이나 보냈을까?

물론 청부 금액이 워낙 크기도 하고, 천룡대전 우승자라는 부담감도 있었을 것이다.

하지만 그것만으로는 설명이 되지 않았다. 문주 역시 뭔가 불길하고 찝찝한 느낌을 받은 것은 아닐까? 지금의 자신처럼.

귀추가 항아리째 들고 마지막 남은 술을 마셨다.

붉어진 얼굴로 그가 말했다.

"얼른 마치고 술이나 한 잔 더 하자고."

그러자 귀영이 수레에서 벌떡 일어났다.

"우리 내기합시다, 선배님."

"내기?"

"그 적이건이란 놈 모가지에 오백 냥!"

귀혼과 귀추가 서로를 마주 보았다.

"오백 냥? 판이 너무 큰데?"

"대신 딴 사람이 그 돈으로 크게 한턱 쏘기입니다! 이곳에 제가 잘 아는 기루가 있습니다."

귀추는 귀혼이 그 말을 받아들이지 않을 것이라 확신했다. 귀혼은 보기보다 신중한 성격이란 것을 잘 알았다.

그러나 귀혼은 예상과는 다른 반응을 보였다. 내기를 하자며 덤덤히 고개를 끄덕인 것이다.

"오랜만에 한 번 즐겨보자고."

하지만 말과는 다른 심정이었다.

솔직히 이번 일에 자신이 앞장서기 싫었다.

내기를 하게 되면 분명 귀영이나 귀추가 먼저 나서게 될 것이다. 오백 냥? 그깟 돈 잃어줄 수 있었다.

귀영이 자신만만하게 말했다.

"자, 장강의 뒷물결에 시원하게 목욕 한 번 하시죠."

＊　　　＊　　　＊

"와아아아아!"

적이건과 혼인하겠다는 차련의 말에 수련이 환호성을 질렀다.

"언니! 탁월한 선택이야!"

수련이 차련에게 몸을 던지듯 안겼다. 차련이 수련의 볼을 장난스럽게 잡아당겼다.

"누가 보면 네가 혼인하는 줄 알겠다."

"헤헤헤. 올바른 결정에 지지를 보내는 것은 혈육의 당연한 의무라고."

"그렇게 좋아?"

"누구? 이건 오라버니? 응! 언니보다 더 좋아!"

"하! 하! 하!"

두 사람의 장난을 보며 정이추는 조금 얼떨떨한 기분이었다.

"정말 마음을 굳혔느냐?"

"네."

확신에 찬 차련의 대답이었다.

정이추의 마음은 실로 복잡했다. 빨리 시집보내야지 입버릇처럼 안씨에게 말했지만 차련은 조금 늦게 보내고 싶었던 것이 솔직한 심정이었다. 정검문을 이어받기를 바라는 마음이 있었다. 평범한 무인과 혼인하면 정검문을 이어받을 수도 있을 것이다. 첫째 내외랑 오순도순 정검문을 꾸려 나가기를 바랐다.

하지만 상대가 적이건이라면 정검문을 이어받을 수는 없을 것이다. 그 한없이 가벼우면서도 종잡을 수 없는 성격은 둘째치고라도, 생각보다 턱없이 강한 무공에, 내력을 알 수 없는 부모까지.

천룡대전의 우승자 정도면 아주 훌륭한 사윗감이라 할 수 있었다. 한편으로는 기쁘면서도 또 한편으로는 이런저런 걱정이 앞서는 그였다.

그나마 화련을 한 번 혼인시켜 봐서 그 걱정이 덜했다. 처음 화련이 서백과 혼인하겠다고 폭탄선언을 했을 때는 그야말로 혼절하는 줄 알았다. 정말 사위가 도적놈처럼 느껴졌다.

그에 비해 안씨는 푸근한 미소를 지었다.

"잘 결정했다."

"엄마."

차련이 안씨의 품에 안겼다.

"잘 생각했다."

따스한 체온에서 어머니의 사랑이 느껴졌다. 딸의 행복을 위해서라면 어떤 고난도 각오된 그런 사랑이다. 언젠가 자신 역시 자식들에게 다시 되물려주어야 할.

언니 화련의 반응은 미지근했다.

"나쁘진 않지만……."

앞서 정검문에 닥친 두 번의 위기는 적이건 일가가 아니었다면 멸문에 이를 위기였다. 그 고마움 때문에 마음이 많이 풀린 그녀였다. 하지만 분명한 사실은 적이건은 위험한 인물이란 점이었다.

분명 그는 평범한 배필이 아니었고 그것은 적이건의 부모를 만나고 더욱 확신할 수 있었다. 어떤 식이 되든 앞으로 차련의 삶은 평범하지 않을 것이다.

동생이 평범한 삶을 살면서 행복을 찾아가기를 바라는 마음. 그게 바로 화련의 마음이었다.

서백은 그런 그녀의 심정을 잘 이해했다.

"어디까지나 처제가 스스로 결정한 것이잖아."

그는 그 뒷말을 하지 않았다. 하지만 화련은 남편이 하지 않았던 그 말이 무엇인지 알 수 있었다.

'우리가 그랬던 것처럼.'

화련이 결국 고개를 끄덕였다.

'그래요, 당신 말이 맞아요.'

반대가 심했던 결혼을 했지만 그 누구보다 잘살고 있는 두 사람이었다. 지금 그녀는 행복했다.

불안은 언제나 영혼을 잠식하려 든다. 어차피 이뤄질 일이라면 좋게 생각해야지.

화련이 정이추를 보며 말했다.

"서로 좋다는데 어쩌겠어요? 허락해 주세요."

결국 정이추마저 고개를 끄덕였다.

하긴 그 많은 사람들 앞에서 입맞춤을 한 두 사람이었다. 소문이 나서 다른 곳에 시집보낼 수도 없는 노릇이었다.

"하지만 너희만 좋다고 다 끝난 일이 아니다. 그쪽 어른들 허락도 받아야지."

정이추는 신중한 마음이었다.

"네."

차련이 다소곳이 대답했다. 하지만 그녀는 예감하고 있었다. 적이건 부모님은, 특히 유설하는 이번 혼인에 대해 반대하지 않을 것이다. 적수린 역시 다르지 않을 것이고.

아, 정말 이렇게 혼인하는 건가?

차련의 마음이 두근거렸다.

안씨가 차분히 말했다.

"련이가 마음을 먹었으니, 미루지 말고 곧바로 만나뵙고 말씀드려요."

"그래요, 그럽시다."

두 사람이 자리에서 일어서는 그때였다.

차련이 벼락처럼 검을 뽑았다.

쉬이익!

서걱!

천장이 갈라졌다.

후두두둑!

갈라진 천장에서 먼지가 쏟아졌다.

가족들은 모두 놀랐지만 그 대응은 매우 빨랐다. 정이추가 안씨를 보호했고, 화련과 서백이 수련을 보호했다.

차련의 왼손은 어느새 입가에 가 있었다. 조용히 하라는 신호였다.

모두들 긴장하며 정신을 곤두세웠다.

천장을 노려보던 차련이 일단 긴장을 풀었다.

"누군가 있었어요!"

정이추가 놀란 표정을 지었다. 근래 딸의 무공이 발전했다는 것은 알고 있었지만 자신이 느끼지 못한 것을 알아차리다니?

정이추가 차분히 천장을 살폈다. 천장 위에는 아무도 없었다.

"혹시 착각한 것이 아니냐?"

아무리 무공이 늘었다 해도 자신이 못 느낀 것을 차련이 알아차렸다는 것이 믿기지 않은 탓이었다. 차련이 적사검법의 대성을 이룬 것을 아직 모르기 때문이었다.

"잘 모르겠어요."

차련은 확신이 서지 않았다. 분명 뭔가 머리 위에서 자신을 지켜보고 있다는 느낌이 들었다. 단지 그뿐만이었다면 검을 뽑지 않았을 것이다. 그 미지의 시선에서 적의를 느낀 것이다. 그 순간 자신도 모르게 검을 뽑았다. 당하기 전에 베어버려야 한다는 본능! 마음이 가는 순간 몸이 움직인 것이다.

화련이 걱정스럽게 물었다.

"요즘 너무 신경이 예민해진 것 아냐?"

그럴 수도 있을 것이다. 하지만 적어도 지금은 아니었다.

조심해서 나쁠 것 없다.

차련이 앞장서 걸었다.

"일단 적 대협께로 다 함께 가요."

*　　　*　　　*

정말 간이 철렁했던 귀영이었다.

피하는 것이 조금만 늦었어도 몸통이 양단될 뻔했다. 설마 저 어린 여자가 자신의 기척을 알아차릴 줄은 정말 상상도 하지 못했다.

십대살수들의 은신술은 그야말로 대단한 경지에 올라 있었다.

'방심했군.'

결국 그의 입장에서는 그렇게밖에 해석할 수 없었다.

귀영이 다시 지붕 사이의 공간을 기었다. 미로처럼 얽힌 이곳을 지나가는 것도 고도의 집중력이 필요했다. 간혹 이곳까지도 기관장치를 설치해 두는 경우가 있었다. 물론 자신들처럼 노련한 살수들에게는 무용지물이지만.

귀영이 또 다른 방의 천장에 도착했다. 이번에는 최대한 조심해서 은신했다.

방에서는 앞서와 비슷한 대화가 오가고 있었다.

"혼인한다는 것이 어떤 의미를 지니고 있는지 알고 있느냐?"

"네."

"순간적인 감정으로 결정할 일이 아니란 것도 알겠지?"

적수린의 물음에 적이건은 고분고분 대답하고 있었다.

적이건은 왠지 어색해 보였다. 지켜보던 유설하가 소리없이 웃었다. 근래 적이건이 이렇게 고분고분한 모습을 보인 적이 드물었다. 아들은 지금 남편에게 크게 감동한 상태였다. 저 어색함은 바로 그 감동의 표현이었다.

아버지와 아들, 참으로 가깝고도 먼 관계.

유설하는 두 사람을 보면서 그렇게 결론 내렸다.

그렇게 서로 겉돌더니 이제 다시 가까워지고 있었다. 그 관계 개선의 가장 중요한 것은 서로에 대한 이해였다. 적수린이 적이건을 이해하려고 노력하겠다는 결심이 지금의 화해를 불러온 것이다. 물론 앞으로도 두 사람은 많은 갈등을 빚을 것이다.

하지만 유설하는 확신했다. 그 갈등은 분명 이전과는 다른 갈등이 될 것이라고. 시선을 서로에게 둔 채 싸우는 것은 등을 돌린 싸움과는 분명 다를 것이라고.

적수린이 유설하를 돌아보았다. 유설하가 고개를 끄덕였다.

이미 아내는 차련을 며느릿감으로 인정하고 있었다. 적수린 역시 차련이 마음에 들었다.

하지만 마음에 걸리는 일이 두 가지 있었다. 그중 하나를 말했다.

"네가 하고자 하는 일은 분명 위험을 불러올 수도 있을 것이다. 아니, 반드시 위험이 닥쳐올 것이다. 그것으로부터 그 아이와 가족들을 지켜줄 자신이 있느냐?"

적이건이 망설이지 않고 고개를 끄덕였다.

"네. 정검문 가족들의 안전을 최우선적으로 생각할 겁니다."

그 확신에 찬 얼굴을 보며 적수린이 차분히 말했다.

"확실히 그래야 할 것이다."

적이건이 조금 장난스럽게 말했다.

"아버지 어머니께서도 지켜주시고요. 사돈지간도 결국 한 가족 아닙니까?"

"이놈 보게?"

얼렁뚱땅 정검문의 안전을 떠넘기려는 속셈을 알아차리자 적수린이 어이없다는 표정을 지었다.

하지만 적수린과 유설하는 각오하고 있었다. 둘이 혼인을 하게 되면 어쩔 수 없이 자신들이 그들의 안전을 신경 써야 한다는 것을. 자신들의 신분을 생각해 볼 때 그건 당연한 일이기도 했다.

"손주 안아보고 싶지 않으세요?"

그 말에 적수린이 피식 웃었다. 벌써 자신이 손주를 볼 나이가 되다니, 참으로 세월무상이 절로 느껴졌다.

"너는 가서 정 문주께 내가 뵈러 가겠다고 기별을 넣어라."

적이건이 먼저 방을 나갔다. 창천문의 건물들이 모두 완성되었지만 정검문 가족들이 신풍장에 머물렀기에 혹여라도 위화감이 생길까 봐 적수린 부부도 신풍장에 머물고 있었다.

유설하를 보며 적수린이 미소를 지었다.

"실감이 가지 않는구려."

"그러게요."

꿈처럼 지나간 이십 년이었다. 힘든 때도 많았지만 행복했던 시간이었다.

이제 가족은 새로운 현실을 맞이할 때가 된 것이다.

마음에 걸리는 또 다른 이야기를 꺼냈다.

"한데 정 문주에게 건이의 외가에 대해 말해주지 않아도 되겠소?"

정검문은 대대로 정파의 가문이었다. 아마도 적이건의 외할 아버지가 천마란 사실을 알게 되면 정이추는 그 자리서 혼절할지도 모를 일이었다.

"일단 그 문제는 알리지 않는 것이 좋을 것 같아요."

유설하는 그에 대해 뭔가 생각이 있는 눈치였다.

"그렇게 합시다."

적수린이 그에 대한 걱정을 털어냈다.

한편 천장 위의 귀영은 회심의 미소를 짓고 있었다. 방금 방에서 나간 놈이 바로 청부 대상이었던 것이다.

다시 귀영이 조심스럽게 이동하려던 바로 그때였다.

천장 아래서 적수린의 목소리가 들려왔다.

"자넨 나 좀 보고 가지."

"……?"

설마 자신을 부른 것일까란 생각을 했지만 방문은 열리지 않았다. 기분상 꼭 자신을 부른 것 같았다. 하지만 어떻게 알고? 앞서 실수를 한 탓에 최절정의 은신법을 사용했는데.

바로 그때였다.

쫘아아악!

천장이 갈라지며 무엇인가 강력한 힘이 자신을 끌어 내렸다.

쫘당!

바닥에 떨어져 내리면서 귀영이 암기를 날렸다.

쉭쉭쉭쉭쉭쉭쉭쉭!

십여 자루의 암기가 허공을 갈랐다.

휘리릭!

순간 적수린이 소맷자락을 한 번 휘저었다.

파파파파파팍!

날아간 암기가 한쪽 벽으로 날아갔다.

다음 수를 날리려던 귀영이 행동을 멈췄다.

그의 시선이 멍하니 암기가 박혀 있는 벽을 바라보았다. 자신이 날린 열 자루의 암기는 한 치의 오차도 없이 벽에 일렬로 박혀 있었다.

비도술의 고수라면 비수를 던져 저렇게 일렬로 꽂을 수는 있을 것이다. 자신도 비수를 던져 저렇게 만들 수 있을 것이다. 하지만 자신이 던진 비수를 소맷자락을 휘둘러 저렇게 만들 수는 없었다. 절대로. 상식적으로 절대 불가능한 일이었다. 자신이 아는 그 어떤 고수도 해낼 수 없는 일이다.

귀영이 천천히 적수린과 유설하 쪽으로 돌아섰다.

담담히 자신을 바라보는 두 사람의 눈빛에서 귀영은 깊은 절망감을 느꼈다. 상대는 이미 자신의 경지를 훨씬 벗어난 고수들이었다.

'빌어먹을! 적이건의 부모는 무공을 모른다고 하지 않았나? 이게 어떻게 된 일이지?'

적수린이 담담히 물었다.

"누구를 노리고 왔나?"

귀영은 대답하지 않았다.

그러자 유설하가 망설이지 않고 앞으로 나섰다. 유설하에게서 느껴지는 그것은 분명 살기였다. 두말없이 죽이려는 기세였다. 머리를 굴리고 말고 할 여유가 없었다.

순간 귀영이 빠르게 말했다.

"빌어먹을! 적이건이오."

죽고 싶지 않았다. 걸렸을 때, 독단을 깨무는 것은 일반 살수들의 경우였다. 자신들처럼 십대살수에 속해 있으면 어떻게든 살아서 돌아가는 것이 귀살문을 위해서 나은 선택이다. 일단은 그렇게 생각하고 싶었다. 어떻게 올라온 자린데. 허망하게 죽고 싶지 않았다.

하지만 자식을 죽이러 왔다는데 살려줄까? 빌어먹을! 다른 이름을 댔어야 했는데. 너무 갑작스러워 어쩔 수 없었다.

적수린과 유설하가 서로 마주 보며 고개를 끄덕였다. 왠지 안도하는 표정이었다.

'뭐지? 이 반응은?'

귀영은 이해할 수 없었다. 혹시 친자식이 아닌 것일까? 앞서 엿들었던 대화로 볼 때 그런 것 같진 않았는데?

귀영이 조심스럽게 물었다.

"왜 안도하는 것이오?"

"적어도 다른 사람이 다치진 않을 테니까."

"당신 아들이 죽는데도?"

유설하가 피식 웃는 그 순간!

푸웅!

극락비침이 발사되었다.

이렇게 가까운 곳에서는 절대 피할 수 없는 암기였다. 귀살문 서열 삼위 살수가 그렇게 호락호락하지 않다는 것을 보여주는 한 수였다.

'너희가 어떤 관계인지 알 바 없다. 그냥 죽어!'

필살의 확신이 담긴 한 수였다.

하지만 상대가 극락비침에 적중당했는지 확인할 틈도 없이.

퍽!

귀영의 눈앞이 캄캄해지며 정신을 잃었다.

적어도 두 사람에게는 너무나 호락호락한 서열 삼위였고, 필살은 확신이 아니라 염원에 불과했다.

귀추가 적이건을 기습한 것은 적이건이 막 건물을 나왔을 때였다.

처마에 거꾸로 매달려 있던 귀추는 적이건을 확인한 순간, 망설이지 않았다.

푸웅!

손에 들린 암기에서 독침이 발사되었다. 그것은 절대 피할 수 없는 일격이었다. 그만큼 빨랐고, 강력했다. 이렇게 가까운

거리라면 필살이었다.

팍!

쓰러져야 할 적이건이 돌아서서 천장을 올려다보았다. 마치 모기에게 물린 후 날아가 버린 모기를 찾는 그런 행동이었다.

두 사람의 눈이 딱 마주쳤다.

"……?"

귀추는 이 예상치 못한 사태에 깜짝 놀랐다.

적이건이 물었다.

"거기서 뭐 해?"

순간 귀추는 어떻게 해야 할지 판단을 내리지 못했다.

첫 번째 기습에 실패를 했을 때, 대상이 보이는 행동은 셋이었다. 소릴 지르거나, 도망가거나, 반격하거나.

그런데 이런 경우는 사실 처음이었다.

놀라지도 않고 살기도 일으키지 않았다.

그때 귀추의 눈이 이채로 반짝였다. 강침이 적이건의 손가락 사이에 끼어 있는 것을 발견한 것이다.

귀추가 천장에서 가볍게 뛰어내렸다.

적이건이 다시 웃으며 말했다.

"그 불편한 몸으로 고생 많았네."

귀추가 차갑게 말했다.

"실력이 제법이란 것은 인정하겠다만, 넌 큰 실수를 저질렀다."

"실수?"

"그 침을 만졌기 때문이지. 거기에 무슨 독이 발려 있는지 너는 아느냐?"

"무슨 독이 발렸는데?"

"피부에 한 방울만 닿아도 심장을 멎게 만드는 독이다."

"오오. 무시무시하군."

귀추는 적이건의 태도가 이상하다고 느꼈다. 여유로워도 너무 여유로웠다.

"그런데 이걸 어쩌지?"

손가락으로 강침을 돌리며 적이건이 말했다.

"난 이 침을 직접 만진 적이 없는데."

"무슨 헛소리냐?"

적이건은 침을 쥔 채로 손바닥을 펼쳐 보였다. 문신처럼 새겨진 神이란 글자가 보였다. 바로 풍신갑을 낀 손이었다.

"이거 해독약 있어?"

"없다."

"그럼 큰일이군."

"흐흐흐. 당연하지."

"나 말고 너 말이야. 이걸 네게 던질 거거든."

"뭐?"

"그전에 좀 맞고!"

적이건이 귀추에게 달려들었다.

땅을 박차며 날아오르려던 귀추는 적이건의 놀라운 속도에 경악했다.

퍽!

미처 피할 사이도 없이 사정없이 배를 걷어차인 귀추였다.

꽈당!

귀추가 바닥을 굴렀다. 자신이 생각했던 것보다 훨씬 고수였다. 그 훨씬이란 표현만큼이나 빠르고 강력한 공격이 이어졌다.

퍽퍽퍽!

적이건의 주먹에 귀추가 얼굴을 감싸 쥐었다.

"뒤에서 침을 쏴서 사람을 죽이려 했으면 좀 맞아도 되잖아? 아니, 당연히 맞아야 하잖아!"

퍽퍽퍽!

그때였다. 적이건이 나왔던 건물에서 적수린과 유설하가 걸어나왔다.

"아들! 괜찮아?"

적이건이 유설하에게 잠시 시선을 돌리는 그 순간.

순간 적이건의 팔을 뿌리치며 귀추가 필사적으로 몸을 날렸다. 적이건은 구태여 그를 제지하지 않았다.

귀추는 필사적이었다. 적이건의 부모를 인질로 잡을 수만 있다면, 살아나갈 수 있을 것이다. 어쩌면 임무까지 마칠 수 있을지도 모를 일이었다.

유설하에게 쇄도하던 귀추가 허공에서 몸을 비틀며 멈춰 섰다.

뒤늦게 그가 본 것이다. 적수린이 누군가를 질질 끌고 나오고 있었는데, 바로 귀영이었던 것이다.

"빌어먹을! 뭐지!"

적이건과 유설하의 중간에 멈춰 선 귀추의 머릿속이 복잡했다.

태연한 두 부부의 표정에서 범접할 수 없는 기도가 느껴졌다.

'우릴 죽이려고 보낸 거야!'

분노의 대상은 귀살문주였다. 내려온 정보에는 적이건의 부모는 과일상을 하던 인물이라 했었다. 하지만 왜? 문주가 그럴 리가 없지 않은가?

'어디서 뭐가 잘못된 거지?'

바로 그때였다.

"이건!"

건너편 건물에서 차련과 가족들이 걸어나오고 있었다.

귀추는 망설이지 않았다. 본능이 울부짖었다. 이 기회를 놓치면 죽어!

쇄애애액!

귀추가 허공을 가로질러 차련에게로 쇄도했다.

이번 역시 적이건과 적수린 부부는 그를 막지 않았다. 대신 적이건이 소리쳤다.

"침착하게 응수해!"

굳이 적이건이 경고하지 않더라도 차련은 더없이 침착했다. 대성에 이른 적사검법의 효과였다.

차앙!

숙녀검이 경쾌한 소리를 내며 뽑혔다.

쉭쉭쉭쉭쉭!

차련이 빠르게 검을 찔러 넣었다.

여섯 줄기의 검기가 서로 다른 방향에서 귀추에게 날아들었다. 게다가 그중 두 줄기의 검기는 크게 휘어지기까지 했다.

"어이쿠!"

귀추가 허공에서 필사적으로 몸을 비틀었다.

팟!

길게 베인 귀추의 어깨에서 핏물이 튀어 올랐다. 그나마 천만다행한 일이었다. 까닥했으면 목이 날아갈 상황이었다.

바닥을 뒹군 귀추가 벌떡 자리에서 일어났다.

자신을 향해 검을 겨눈 차련의 모습에 한 치의 허점도 없었다. 암살을 하려 했다면 죽일 수 있겠지만, 정면 승부로는 힘든 상대였다.

귀추를 보며 적이건이 피식 웃으며 말했다.

"원래 선무당이 사람 잡는다고. 아직 그쪽처럼 고수를 상대로 적당히 조절하며 싸울 정도는 아니거든. 결론적으로 제일

위험하다고 볼 수 있지."

귀추는 충격을 받았다. 상대는 젊다고 하기도 뭣한 어린 여자아이가 아닌가?

'도대체 이곳은?'

귀추가 발악하듯 소리쳤다.

"흥! 우리에게 목표가 된 이상 살아남을 수 없다!"

귀추는 마지막 희망을 귀혼에게 걸었다. 귀혼이라면 오늘 실패를 한다 하더라도 반드시 이곳을 빠져나가 언제고 저 적이건이란 놈을 반드시 죽일 것이다.

바로 그때였다. 귀추의 희망을 산산이 부셔 버리는 비명 소리가 들려왔다.

"아아아아아!"

비명 소리의 주인공은 귀혼이었다.

귀살문 제일살수인 그의 얼굴은 퉁퉁 부어올라 있었고 누군가 그의 귀를 잡아당기며 끌고 있었다. 귀혼에 비해 키가 반만한 노파, 그래서 귀추를 불신의 늪으로 던져 버린, 바로 양화영이었다.

"아아아아아! 아픕니다!"

"엄살떨지 마."

양화영이 더욱 거세게 귀를 비틀었다.

"아아아아아아아!"

비명을 질러대는 귀혼의 눈에는 눈물이 글썽거리고 있었다.

그 모습을 본 귀추는 두 눈을 부릅떴다. 너무나 충격적인 모습이어서 말문이 막혔다.

다리에 힘이 풀리며 휘청거렸다. 태어나 이런 황당한 기분은 정말 처음이었다.

양화영이 귀혼을 꾹 내리눌렀다. 단지 그 행동 하나에 귀혼이 무릎을 꿇었다.

그 앞에 양화영이 쪼그리고 앉았다. 귀혼은 양화영과 눈을 마주치지 못했다.

"그래서 어디 소속이라고?"

"사, 사망곡입니다."

그러자 양화영의 눈이 가늘어졌다.

"거짓말이군."

"……!"

"늙은이들은 속는 것을 아주 싫어한다네. 젊어서야 그게 다 경험이려니 위안이라도 하지, 늙어서 당하면 어리석은 늙다리란 것을 증명하는 꼴이거든. 꼭 죽을 때가 된 것 같아 기분 더럽지."

빡-빡-빡!

귀혼의 고개가 사정없이 돌아갔다.

"아아악!"

양화영의 제대로 고통을 주기 위한 매질이었으니, 귀살문 제일살수가 아니라 귀살문주가 와도 배겨낼 수 없는 고통이었다.

"사, 살려주십시오! 제발!"

"그래, 어디서 나왔다고?"

"…귀살문입니다."

귀혼의 살수인생에서 처음으로 자신의 소속을 밝히는 치욕적인 순간이었다. 자신도 그 순간이 이렇게 간단히 이뤄질 줄은 상상하지 못했다. 그 어떤 고문을 당해도 백 일은 버틸 자신이 있던 그였다.

하지만 양화영은 뭔가 달랐다. 솔직히 말하지 않으면 절대 안 될 것 같은 어떤 이상한 기운이 있었다.

양화영이 다시 귀혼의 눈을 가만히 들여다보았다.

"흠. 진작 그럴 것이지."

양화영이 이제 필요없다는 듯 귀혼을 걷어찼다. 귀혼이 귀추에게로 날아갔다.

귀추가 몸을 날려 귀혼을 받았다. 귀혼은 이미 반쯤 정신이 나간 상태였다.

귀추가 귀혼을 내려놓자 이번에는 적수린이 끌고 온 귀영을 다시 그쪽으로 던졌다. 귀추가 다시 귀영을 받아 안았다.

귀추는 완전히 충격에 빠져 있었다.

정면에는 적이건이 서 있었다. 좌측 방향에는 적수린 부부가, 우측 방향에는 차련 일가가, 그리고 뒤쪽에는 양화영이 서 있었다.

귀추가 떨리는 목소리로 물었다.

"다, 당신들 도대체 뭐요?"

적이건이 웃으며 대답했다.

"그 긴 이야기를 하려면 책 서너 권은 족히 될 거다. 그러니……."

부우웅! 빠악!

적이건에게 사정없이 얻어맞은 귀추가 그대로 쓰러졌다.

적이건이 손을 탁탁 털며 말했다.

"그냥 너도 누워 있어."

장내는 정리되었지만 분위기는 조금 썰렁했다. 다행히 모두 제압했지만 상대는 분명 살수였다.

적수린이 차분히 말했다.

"너희가 혼인을 결심한 지 단 하루도 지나지 않아 살수가 들어왔다. 그래도 혼인하겠느냐?"

모두들 적이건과 차련을 쳐다보았다.

적수린이 차련에게 다가갔다. 그리고 다감한 어투로 물었다.

"네 생각을 듣고 싶구나."

차련이 가족들을 돌아보았다.

자신을 향한 그 눈빛들. 지금까지 고민해 왔고 결정을 내렸다고 생각했지만, 또다시 고민스러웠다.

안씨가 자신을 보며 고개를 끄덕였다.

고민하지 말라고. 네 행복이 제일 중요하다고 눈빛으로 말하고 있었다. 다른 가족들 역시 비슷한 눈빛을 보내고 있었다. 차련이 씩씩하게 고개를 끄덕였다.

차련이 적수린과 유설하 쪽을 돌아보며 차분히 말했다.

"네. 혼인하고 싶습니다."

말이 끝나기가 무섭게 적이건이 차련의 손을 굳게 잡았다.

적이건이 큰소리로 말했다.

"저희 둘 서로 사랑하고 있습니다. 혼인하겠습니다."

이번에는 적이건이 정이추와 안씨 앞으로 걸어갔다.

적이건이 두 사람에게 넙죽 절을 했다.

"따님을 제게 주십시오! 평생 아끼며 사랑하겠습니다."

평소답지 않은 진지한 모습이었다.

정이추와 안씨가 서로를 마주 보았다. 안씨가 다시 눈빛으로 말했다. 기왕 보낼 거면 기분 좋게 보내주라고. 딸 가진 부모 마음이기도 했다.

정이추가 고개를 끄덕였다.

"내 딸을 잘 부탁하네."

적이건이 고개를 들었다.

"그럼 허락하시는 겁니까?"

"그렇네."

적이건이 벌떡 일어났다.

"음하하하하하! 정말 잘 생각하신 겁니다. 장인어른께서는 이제 막 천하제일로 멋진 사위를 얻으신……."

딱!

유설하가 적이건의 꿀밤을 때렸다. 적이건이 괜히 아프다며 죽는소릴 냈다.

유설하가 안씨에게 다가섰다.

"철없는 놈이지만, 그래도 제 식솔 하나만큼은 제대로 챙길 겁니다."

"부족한 딸입니다. 부디 엄하게 가르쳐 주십시오."

유설하가 적이건과 차련에게 말했다.

"앞으로 힘든 일이 많을 것이다. 하지만 내 경험상……."

유설하가 싱긋 웃으며 말을 이었다.

"그보다 백배는 더 좋은 일이 많을 것이다."

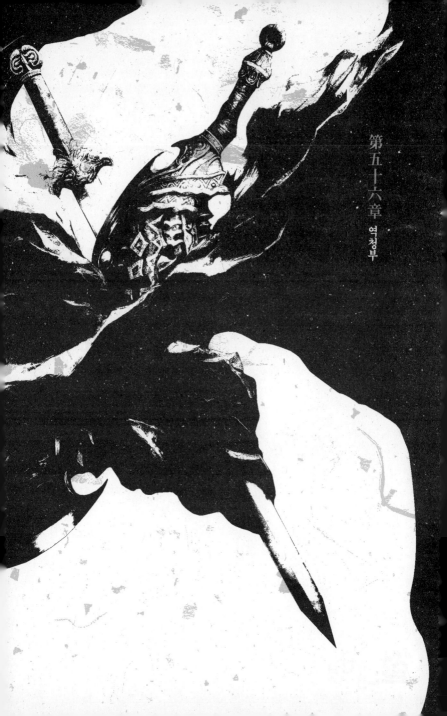

第五十六章 역청부

絶代
君臨
절대군림

상화전장의 회계원 칠용은 오늘도 변함없는 하루를 보내고 있었다.

상인들은 하루에도 몇 번씩 찾아와 돈을 맡기거나 찾아갔다. 상인들에게 전장은 그야말로 자신이 생각하는 가장 안전한 금고였다.

하지만 칠용은 그것이 얼마나 허망한 믿음인지 잘 알고 있었다.

만약 귀살문에 일이 생겨 모두 빠져나가야 한다면 그날로 상화전장은 망하게 될 것이다. 물론 돈은 다 챙겨갈 테니 돈을 맡긴 상인들에게 돌아갈 돈은 한 푼도 없다.

하지만 상인들은 그걸 알지 못한다. 전장이란 다 안전하다는 생각뿐이다.

칠용은 앞으로 돈을 벌어도 절대 전장에 맡기진 않겠다는 생각으로 전장 일을 하고 있었다. 물론 그곳에서 일하는 모두가 그런 생각을 하는 것은 아니었다. 신입회계원들 중 몇 명은 이곳이 진짜 전장이라 믿고 일하고 있었다.

오늘 하루는 청부 없이 넘어가나 했는데, 오후 무렵 청부자가 찾아왔다.

정해진 대로 붉은 봉투를 내밀어왔다.

칠용이 힐끔 상대를 쳐다보았다. 선하게 생긴 젊은이였다.

'처음 보는 녀석이군. 어라, 그런데 인피면구가 아니군.'

일의 성격상 칠용은 인피면구를 알아보는 훈련까지 받았다. 그래서 상대가 면구를 썼는지 안 썼는지 거의 정확히 알 수 있었다. 대부분 청부자들은 면구를 쓰거나 죽립 등으로 얼굴을 가렸다. 하지만 상대는 버젓이 얼굴을 공개한 채 청부를 하고 있었다.

'한심한 놈이군.'

아마도 청부를 처음 해보는 녀석인 듯 보였다.

봉투를 열어본 칠용이 흠칫 놀랐다.

당황한 칠용의 눈빛이 파르르 떨렸다. 십만 냥짜리 청부를 받았을 때보다 훨씬 더 놀란 그였다.

"잠시 기다려 주시지요."

"얼마든지."

청년이 한옆의 의자에 가 앉았다.

"여긴 기다리는 손님한테 차 안 주나? 대륙전장에서는 주던데."

청부 넣으러 와서 차 타령하는 놈은 정말 처음이었다. 정말 어떤 놈인지 더 살펴보며 연구라도 하고 싶은 마음이었지만 지금은 그럴 여유가 없었다.

칠용이 다시 엄중한 기관장치를 지나 귀살문주의 방에 도착했다.

칠용이 긴장한 얼굴로 문을 열고 들어갔다. 방에는 귀살문주와 귀수, 그리고 서선생인 일서가 함께 있었다.

"청부가 들어왔습니다."

귀살문주가 자리에서 벌떡 일어났다.

"또 십만 냥짜리야?"

일반 청부 때문에 칠용이 자신을 찾을 까닭이 없기 때문이었다.

"아닙니다. 백 냥짜리 일반 청부입니다."

한껏 기대에 찼던 귀살문주가 실망한 얼굴로 자리에 앉았다. 백 냥이라면 최하급 청부였다.

"그런데?"

귀살문주가 심드렁한 얼굴로 묻자 칠용이 식은땀을 뻘뻘 흘렸다.

"그런데… 청부 대상이……."

"누군데?"

"그게……."

지켜보던 귀수가 답답함을 참지 못하고 버럭 소리쳤다.

"바로 고하지 못할까!"

"문주님이십니다!"

"문주? 어느 문주?"

"……."

자신을 향한 칠용의 시선에 귀살문주의 표정이 서서히 일그러졌다.

"혹시 지금 나 말하는 거야?"

"…네."

"너 지금 우리 귀살문에 날 청부한 놈이 왔다는 보고를 하는 거야?"

"…네."

귀살문주의 살기를 느끼며 칠용이 고개를 푹 숙였다. 딱 맞아 죽기 좋을 보고였다. 하지만 일의 성격상 보고하지 않으면 안 될 일이었다.

옆에 있던 귀수가 인상을 쓰며 물었다.

"청부한 미친 새끼 지금 어디에 있나?"

"전장에 잠시 대기하고 있습니다."

"이 새끼를 내가!"

귀수가 당장이라도 뛰어나가려는 것을 귀살문주가 말렸다.

"수야, 흥분하지 말고 일단 대기."

그리고 담담히 칠용에게 물었다.

"어떤 놈인데?"

칠용이 적이건의 나이 대와 용모파기에 대해 설명했다.

귀살문주의 표정이 조금 심각해졌다.

"스무 살쯤 되는 애송이라고?"

"네."

"거기다 인피면구가 아닌 것 같다고?"

"확실하진 않지만… 그런 것 같았습니다."

눈치 하나는 제대로인 칠용이 그렇다면 그럴 것이다. 칠용은 무공은 별로인 놈이지만 적어도 상대에 대한 파악만큼은 고수 중의 고수급이었다.

귀살문주가 어이없는 표정으로 귀수를 돌아보았다.

"어떻게 생각해?"

"미친놈 아니겠습니까?"

그에 비해 일서는 뭔가 심상치 않다는 듯 진지한 표정이었다. 귀살문주 역시 일서와 같은 마음이었다.

귀수가 다시 목청을 높였다.

"미친 새끼 맞습니다. 미친놈이 아니고서야……."

귀살문주가 귀수의 말을 자르고 버럭 소리쳤다.

"닥쳐!"

난데없는 호통에 귀수가 찔끔 놀랐다.

귀살문주가 한숨을 쉬며 나직이 말했다.

"귀수야, 귀수야. 네놈이 원래 머리 쓰는 유형이 아니란 것은 알고 있지만, 그래도 최소한의 생각은 하고 살자. 고작 스무 살짜리가 벌써 미쳐? 미친놈이 백 냥이란 거금을 들고 있어? 그 둘만 해도 이미 말이 안 되는데. 그놈이 우리 본단을 찾아와 날 청부했어. 이게 한 미친놈이 가출해서 생긴 우연한 일이겠어? 이러니 남들이 우릴 무식한 살수 새끼들이라고 욕하는 거야. 제발! 귀수야!"

귀수가 면목없는 얼굴로 고개를 푹 숙였다.

귀살문주가 다시 칠용에게 물었다.

"지금 손님 몇 명이나 있어?"

"얼마 없습니다."

"다 내보내고 문 닫아걸어. 그런 다음 전장 지키는 애들 풀어서 일단 놈을 잡아!"

"알겠습니다."

칠용이 재빨리 방을 나섰다.

일서가 침착한 얼굴로 말했다.

"그들로 되겠습니까?"

"물론 안 되겠지. 그 정도에 당할 놈이라면 여길 찾아왔겠어? 일단 한 번 찔러보는 거지."

일서가 고개를 끄덕였다. 그는 언제나 귀살문주의 여유에 감탄했다. 위급한 일이 있어도 귀살문주는 당황하는 일이 없었다. 일서는 그것이 귀살문주의 가장 큰 힘이라 생각했다.

어떤 조직을 끝까지 키워낸 사람에게는 분명 남들에게는 없는 강점이 있는 법이다. 일서 자신이 생각하는 귀살문주의 장점은 바로 저 여유였다.

반 각 후.

다시 칠용이 허겁지겁 달려왔다. 눈가에 시커먼 멍을 달고 왔다.

귀살문주가 한심하다는 표정을 지었다.

"어휴. 그럼 그렇지. 놈이 뭐래?"

"그게……"

"괜찮아. 그대로 말해봐."

"뒤지기 전에 문주님 나오시랍니다."

"그리고 또?"

"늦게 나오면 나올수록 갚아야 할 돈이 늘어난다고!"

"돈? 미친 새끼! 지가 빚쟁이야?"

귀살문주가 귀수에게 명령했다.

"가서 잘라 버려."

기다렸다는 듯 귀수가 벌떡 자리에서 일어났다.

"걱정 마십시오!"

기세등등한 모습으로 귀수가 밖으로 나갔다. 칠용이 그 뒤를 따라 나갔다.

일서가 다시 물었다.

"저 사람으로 되겠습니까?"

"안 되겠지?"

"아마도 이전 청부와 관련이 있는 것 같습니다."

"내 생각도 그래."

귀살문주가 한숨을 내쉬었다. 온갖 산전수전 다 겪으며 살아온 그였다. 오만 가지 사연들과 별의별 인간군상을 다 만나본 그였다. 자신이 생각하기에 이번 일은 귀살문 역사상 가장 큰 위기였다.

과연 귀살문주의 예감은 틀림없었다.

잠시 후, 칠용이 혼자 허겁지겁 달려왔다. 이번에는 반대편 눈자위도 시퍼렇게 멍이 들어 있었다.

귀수에 대해 뭐라 보고하려는 것을 자르며 귀살문주가 물었다.

"그건 됐고. 놈이 뭐래? 아니다. 그건 물어서 뭐 하겠냐."

일서가 재빨리 말했다.

"본단 폐쇄하고 빠져나가시지요."

당연한 수순이었다. 전장에서 이곳까지 들어오려면 세 단계의 막중한 기관을 통과해야 했다. 뚫을 수 없겠지만 설령 뚫고 들어온다 해도 그사이에 충분히 빠져나갈 수 있을 시간을 벌어줄 것이다.

귀살문주가 자리에서 일어났다.

그때 눈치를 살피던 칠용이 재빨리 말했다.

"저… 문주님."

"뭐?"

"만약에 도망가시면 귀혼님과 귀추, 귀영님을 죽여 버린다고 했습니다."

"뭐? 놈이 우리 애들을 잡고 있어?"

귀살문주가 깜짝 놀랐다. 설마했는데 정말 그 청부와 관련이 있었다.

"설마 놈이 적이건 그자냐?"

"그건 모르겠습니다."

"그렇다면 더욱 위험합니다. 당장 떠나셔야 합니다."

일서는 달아나기를 권했다. 일서의 충고는 옳다. 살수들이야 다시 키우면 된다. 물론 그들 세 사람을 잃는 손실은 막대한 손해긴 했지만, 목숨보다 중요하진 않았다.

"아냐, 아냐."

귀혼을 비롯한 세 살수가 제압당하고, 본단의 위치까지 다 불었다는 것은 그만큼 상대가 대단했다는 것을 증명하는 일이었다. 한마디로 상대의 실력은 상상초월.

곱게 달아난다는 보장이 없었다. 게다가 귀혼을 비롯한 세 살수는 귀살문의 주축 살수들이었다. 다시 그런 제대로 된 살수들을 키울 자신도 없었다. 일단 분위기로 볼 때 셋은 아직 죽지 않은 것 같았다.

'그들 셋을 이용해 나를 죽이러 온 것일까?'

왠지 그런 것 같진 않았다. 그 정도 실력자가 굳이 자신을 제거하려는데 본단에 와서 저런 식으로 진을 치고 난장을 피울 이유는 없었다.

'아까 돈 어쩌고 했지? 그렇다면?'

곰곰이 고민하던 귀살문주가 결론을 내렸다.

"그 새끼 데려와."

"문주님!"

"서선생은 일단 빠져나가. 내 나중에 다시 연락하지."

어차피 무공으로 도움이 될 인물이 아니었다. 일서 역시 그 점을 잘 알고 있었다.

"그럼 보중하십시오."

"걱정 말고 가봐. 일이 어떻게 될지 모르니까 너무 멀리 가진 말고."

"알겠습니다."

서선생이 밖으로 나갔다. 그는 비밀 통로를 통해 빠져나갈 것이다.

잠시 후, 칠용이 청년을 데리고 그곳에 도착했다.

"와! 오다 보니 기관장치 잘 만들어놨네. 돈 좀 들었겠는데?"

너스레를 떨며 들어서는 이는 물론 적이건이었다.

성큼성큼 걸어온 적이건이 귀살문주 맞은편에 앉았다.

귀살문주는 내심 놀랐다. 상대는 생각보다 훨씬 더 어려 보였다.

'이놈이 천룡대전 우승을 했어?'

그런 내심을 감춘 채 귀살문주가 침착하게 물었다.

"뉘신가?"

"다 알면서. 꽃놀이 나와서 만난 남녀 사이도 아니고. 사설은 생략하자고."

귀살문주가 피식 웃었다. 어떤 놈인지 몰라도 적어도 시원시원한 면은 마음에 들었다.

"적 소협이신가? 듣던 것보다 미남자로군."

"하하하하. 제법 사람 보는 눈이 있는데?"

시건방진데다가 더욱이 가볍고 촐랑거리는 느낌.

'이런 놈에게 귀혼이 당해? 귀영이라면 몰라도 귀혼이나 귀추는 그럴 리가 없는데? 혹 방수(幇手)가 있었을까?'

열심히 머리를 굴리는 와중에도 귀살문주는 신중했다.

"귀혼이 아직 살아 있다고?"

그러자 적이건이 고개를 끄덕였다.

"세 놈 다 살아 있어."

"살수를 살려주다니 꽤나 자비롭군."

"죽일 가치가 없었을 뿐이지."

적이건이 쌀쌀맞게 말했다.

두 사람 사이에 팽팽한 기운이 감돌았다.

'역시 만만한 놈이 아니군.'

귀살문주가 나직이 물었다.

"날 찾아온 것은 복수하기 위함인가?"

그러자 적이건이 킬킬거리며 웃었다.

"복수는 무슨? 그쪽하고 나하고 무슨 은원을 졌다고 복수까지. 살수야 그냥 돈 받고 칼 빌려주는 것뿐이잖아."

"정말 시원시원한 성격이군."

그건 귀살문주의 진심이었다. 상대가 이렇게 호탕하게 나올 줄은 짐작하지 못했다.

귀살문주가 넌지시 물었다.

"그럼 여긴 왜 왔는가? 우리 애들을 돌려주려고?"

그러자 놀랍게도 적이건이 고개를 끄덕였다.

"냄새나는 살수 놈 어디 쓸데가 있어야지?"

귀살문주 입장에서는 이게 웬 떡이냐인 상황이었다.

"한데 그냥은 안 되고. 계산을 해줘야겠어."

"계산이라면?"

"죽을 뻔했는데 그냥 잊을 수는 없잖아? 변상을 하셔야지."

"변상이라."

"내 목숨 값이 얼마라 생각해?"

귀살문주는 드디어 오늘의 이 방문의 성격을 정확히 파악했다.

'본 문에 돈을 뜯으러 찾아왔단 말이지? 허허허허.'

기가 막히는 일이었다. 평생을 살수로 살아온 그로서는 정말 처음 당하는 일이었다.

"얼마면 되겠나?"

"안 믿겠지만, 사실 난 그쪽 거 다 뺏어버릴 능력이 돼."

"그런데?"

"그쪽에게 다행스럽게도 그렇게까지 악랄하진 않다는 거지."

"그래서?"

"적당히 받고 끝내주겠다는 거지."

"얼마를 원하나?"

"살수 셋, 두당 십만 냥씩 받겠어."

"흐음."

귀살문주가 긴 신음성을 내뱉었다. 십만 냥이라면 매우 큰 돈이지만 세 사람의 가치를 생각하면 못 줄 돈도 아니었다. 보수 팍 깎고 한 삼 년, 빡빡하게 돌리면 그 정도는 다시 건져 낼 수 있을 것이다. 지놈들도 실패를 했으니 군말 못할 것이다.

"삼십만 냥을 원한다?"

"물론 아니지. 그깟 푼돈 얻으려고 이런 굴까지 기어들어 왔을까?"

귀살문주의 눈이 가늘어졌다. 섬뜩한 기운을 내뿜었지만 적이건은 태연했다.

"이번 청부를 십만 냥에 받았다고 들었어."

그 말에 귀살문주가 인상을 썼다.

'빌어먹을! 별걸 다 붙었군.'

"청부 실패 시 열 배를 물어준다고 들었지."

"그렇네."

"그 돈만큼 보상금으로 받아가겠어."

귀살문주의 표정이 굳어졌다.

삼십만 냥은 줄 수 있었다. 하지만 백삼십만 냥은 차원이 다른 액수였다.

귀살문의 근간이 흔들릴 액수였다.

"그 돈을 주면 청부자에게 돌려줄 돈이 없는데."

그러자 적이건이 피식 웃었다.

"정말 그 돈 돌려주려고 했어?"

대부분 청부 실패 시 위약금을 지불했지만 애초부터 이번 경우에는 돌려주지 않을 작정이었다. 철장문을 몰살시키는 한이 있어도.

"…당연히."

차마 그런 생각을 밝힐 수는 없는 노릇이었다.

적이건이 야릇하게 웃었다. 마음속을 다 들킨 것 같아 살짝 얼굴이 붉어졌다.

"그건 알아서 하시고. 내 돈만 해결해 주시지."

귀살문주가 살기를 끌어올리며 차갑게 말했다.

"거절한다면?"

"그럼 나야 고맙지."

"고맙다니?"

"널 죽이고 몽땅 뺏어갈 명분이 생기니까."

팽팽한 신경전이 벌어졌다.

귀살문주가 더 큰 살기를 뿜어냈다.

적이건이 사악한 눈빛으로 웃었다.

"지금 당장 시험해 봐도 좋아. 대신 그 대가로 그쪽 팔 하나를 자르겠어."

귀살문주는 고민했다. 당장이라도 일수를 날리고 싶었다. 일선에서 은퇴한 지 꽤 되었지만 그래도 한때는 최고란 소리를 지겹도록 듣던 그였다.

'새파란 애송이 따윈!'

귀살문주의 손이 살짝 떨렸다. 지니고 있던 모든 암기를 다 쏟아내고 싶었다.

일촉즉발의 상황 속에서 두 사람이 눈싸움을 계속했다.

그 순간 귀살문주는 분명 보았다.

적이건의 눈동자에 붉은 기운이 감도는 것을.

붉은 기운은 다시 푸른 기운으로 바뀌었다.

독특하고 요상한 기운이었다. 그 눈빛은 볼수록 기가 질렸다. 귀살문주는 점점 작아지고 있었다.

죽이 되든 밥이 되든 죽이자란 살심이 솟구쳤을 때 움직여야 했다. 하지만 그 순간을 놓친 귀살문주는 이미 출수할 기회를 완전히 잃고 말았다. 삼대살수 모두가 당했는데 자신이 해낼 수 있을까 하는 두려움도 망설임에 한몫했다.

"후우."

귀살문주가 긴 한숨을 내쉬었다. 패배를 인정하는 한숨이기도 했다.

적이건이 달래듯 말했다.

"그냥 그쪽 목숨 값이라 생각해. 능력있다고 들었어. 이깟 돈은 금방 만회할 거야."

'망할 새끼!'

한참을 멍하니 앉아 있던 귀살문주가 이윽고 수하를 불러 몇 가지를 지시했다.

돈을 찾으러 수하들을 보낸 후 두 사람은 말없이 서로를 응시하고 앉아 있었다.

귀살문주가 물었다.

"자네가 셋을 다 잡았나?"

그러자 적이건이 솔직히 고개를 내저었다.

"우리 집안이 좀 억세거든. 살수도 싫어하고."

"두렵지 않나?"

"뭐가?"

"우릴 건드렸다는 것이. 참으로 이기적인 놈들이 살수라네. 그래서 서로 사이도 좋지 않지. 하지만 말일세, 이기적이기 때문에 좋은 점이 하나 있지. 바로 우리 밥그릇에 손대는 놈들은 절대 용서하지 않는다는 거지. 중원의 모든 살수들이 자넬 죽이기 위해 움직일 수도 있다는 말이지."

그러자 적이건이 피식 웃었다.

"잘됐네. 그렇잖아도 돈 들어갈 데가 많은데. 다 보내."

귀살문주가 이를 악물었다.

정말 그럴 작정이었다. 그냥 곱게 돈을 빼앗길 수는 없었다. 일단 주고 다시 빼앗아올 것이다. 물론 돈뿐만 아니라 놈이 가진 모든 것을 뺏을 것이다. 목숨을 뺏는 것은 마지막이 될 것이다.

'감히 날 건들고 무사하길 바라다니!'

이윽고 수하들이 커다란 가죽 주머니를 챙겨왔다.

주머니를 열어보니 전표 다발이 가득했다.

"안 세봐도 되겠지?"

"꺼져!"

주머니를 둘러매며 적이건이 자리에서 일어났다. 귀살문주의 얼굴은 완전 일그러져 있었다. 이번 청부를 넣은 철장문주 놈부터 없애 버릴 것이다.

나가려던 적이건이 다시 돌아섰다.

"음, 그냥 가선 안 될 것 같아."

"뭐?"

"그쪽은 계속 후회하게 될 거야. 날이 지날수록 그때 돈을 주지 말 걸 하는 생각에 식욕까지 잃겠지. 사기당했다는 생각도 들고. 다시 돈을 찾고 싶은 마음이 반드시 생길 거야. 그렇지? 혹시 벌써부터 그런 생각 하는 것 아냐?'

"무슨 소리냐!"

정곡을 찔린 귀살문주가 살짝 당황했다.

적이건이 눈을 가늘게 뜨며 입맛을 다셨다.

"그건 나도 마찬가지야. 아까 그 말은 허풍이었어. 중원의 살수들이 다 날 노리는데 마음이 편할 리 없지. 분명 나도 후회하겠지. 그때 죽여 버리고 올 걸. 괜히 살려줘서 후환을 만들었구나. 고기를 먹어도 맛을 못 느낄 거야. 똥도 못 눌 거야. 귀살문주를 죽이고 올 걸. 죽이고 올 걸. 자면서도 죽여 버리고 올 걸, 오직 그 생각뿐일 거야."

자신을 죽이겠다는 말이 반복되자 귀살문주가 크게 놀랐다.

'이 자식이 지금 무슨 소릴 하는 거야?'

적이건이 싸늘히 웃으며 말했다.

"그래서 말인데… 이대로 그냥 가면 우리 둘 모두에게 별로일 것 같아."

적이건이 지옥도를 뽑아 들었다. 순식간에 적이건의 기도가 바뀌었다.

"이 새끼가! 보자 보자 하니까!"

귀살문주가 내력을 끌어올렸다. 귀살문주가 암기를 쏟아내려 마음먹은 찰나였다.

후우우웅!

적이건의 몸에서 엄청난 마기가 쏟아져 나왔다.

"쿠엑!"

돈을 가져왔던 수하들이 피를 토하며 쓰러졌다.

살기처럼 쏟아져 날아오는 적이건의 마기에 귀살문주의 진기가 얽혔다.

적이건은 마기를 아끼지 않았다.

귀살문주는 숨이 막혔다. 출수를 한다는 것은 생각도 못할 일이었다.

"이, 이건 약속 위반이지 않은가?"

적이건이 지옥도를 휘둘렀다. 다행히 귀살문주가 아니라 방문 쪽이었다.

꽈꽈꽝!

문이 있던 한쪽 벽이 완전히 박살났다.

적이건이 천천히 그곳으로 걸어나갔다.

기관장치가 설치된 복도를 걸었다. 사방에서 암기가 쏟아졌다.

쉭쉭쉭쉭쉭쉭쉭쉭!

호신강기가 빛을 뿜어냈다. 암기가 튕겨져 날아갔다.

파파파파파파파파팍!

다시 지옥도를 휘둘렀다. 엄청난 강기가 쏟아져 나갔다.

꽈르르릉!

벽이 종이처럼 갈라지며 무너져 내렸다.

쩌엉! 쩡!

벽 뒤에 감춰졌던 강철로 된 기관장치가 갈라졌다.

지켜보던 귀살문주의 입이 쩍 벌어졌다.

꽝! 꽈르릉!

지옥도가 스칠 때마다 모든 것이 박살나고 갈라졌다. 절정 고수들의 목숨을 앗아갔던 암기는 적이건의 털끝 하나 건들지 못했다. 태어나 처음 보는 강력한 호신강기였다.

우지끈.

천장이 무너져 내렸고 적이건은 맨손으로 강철기관을 휘고 부셨다.

귀살문주조차 지날 때마다 가슴 졸였던 기관은 완전히 박살이 났다.

저 멀리 복도 끝에서 적이건이 힐끔 돌아보았다.

흠칫 놀란 귀살문주가 뒷걸음질을 쳤다.

적이건의 두 눈이 붉게 타오르고 있었다. 쳐다보기도 힘든 강렬한 마기였다.

적이건은 완전 다른 사람이 되어 있었다.

다리가 풀린 귀살문주가 그 자리에 주저앉았다. 두려웠다. 극성에 달한 마기는 귀살문주의 마음을 뒤흔들었다. 참을 수 없는 공포가 치솟았다.

시뻘건 안광을 내뿜으며 적이건이 차갑게 말했다.

"앞으로 나와 관계된 사람의 청부를 받으면⋯ 너는 물론이

고 이 강호에 살수란 살수는 모조리 다 찢어 죽인다! 알았나?'

귀살문주는 자신도 모르게 연신 고개를 끄덕이고 있었다.

*   *   *

"임천세의 죽음은 확실합니다."

최종적인 수하의 보고에 장내는 묘한 열기에 휩싸였다.

양인명은 놀랍고도 당황스러웠다. 처음 보고를 받았을 때, 양인명은 이 보고가 잘못된 보고라고 밝혀질 것이라 내심 생각했었다.

임천세는 지난 이십 년간의 변함없는 경쟁자였다. 때론 죽일 듯이 증오하며 싸웠고, 때론 친구처럼 마주 앉아 술을 마시기도 했다. 양인명에게 임천세는 적이자 친구였다. 그런 그가 진짜로 죽은 것이다.

기쁨보다는 마음 한구석이 쓸려 나가는 허전함이 밀려들었다.

잠시 그를 추억하던 양인명의 두 눈이 날카로워졌다. 추억으로 현실을 망각했다면 지금의 남악련을 세우진 못했을 것이다. 그의 삶에 있어 다정(多情)은 병(病)일 뿐이다.

양인명의 오른팔이자 남악련 최고 고수 중 일인인 파검이 두 눈을 번뜩였다.

"드디어 기회가 왔습니다."

그의 말처럼 임천세의 죽음은 최고의 기회였다. 천하사패는 각 지역 문파의 연합체였다. 수장이 죽으면 단 한순간에 모래성처럼 무너질 수 있는 그런 구조. 물론 그것은 자신들도 마찬가지였다. 미리 후계구도를 확실히 해두지 않으면 대혼란을 겪게 될 것이다.

게다가 추가된 보고는 양인명을 더욱 흥분시켰다.

"천노와 단월, 대천회주의 행방 역시 묘연합니다."

"설마 그들도 함께 죽었단 말인가?"

"그럴 가능성이 높습니다만, 아직 정확한 정보는 입수되지 않았습니다."

"모든 세작들을 그 일에 집중하라."

"알겠습니다."

보고를 마친 수하가 회의장을 빠져나갔다.

잠시 장내에 침묵이 흘렀다.

양인명이 두 눈을 지그시 감았다. 그들은 임천세의 수족과도 같은 이들이었다. 바로 자신에게 있어 이 방에 있는 수하들과 마찬가지였다. 자신이 죽었는데 이들이 무사할 수 있을까? 그렇지 않을 것 같았다. 게다가 연락이 되지 않는다? 그들 역시 당했을 가능성이 높았다.

그들이 존재하는 것과 존재하지 않는 것은 분명 큰 차이가 있었다.

파검의 입장을 지지하고 나선 사람은 백호대주 막휘였다.

"북천패가를 쓸어버릴 절호의 기휩니다."

막휘 역시 그들이 죽었다고 확신했다.

처음 임천세의 죽음에 대한 보고가 올라온 그 순간부터 남악련 전체에 일급비상이 걸린 상황이었다. 모든 고수들이 소집되었고, 남악련에 소속된 가문들은 언제라도 전쟁에 참여할 수 있는 준비 태세를 갖추었다.

당장이라도 명령이 떨어지면 북천패가와 전면전이 벌어질 상황이었다.

그에 비해 임천세의 또 다른 한 팔이자, 남악련 최고 고수인 유검은 신중한 입장이었다.

"신중해야 할 줄 압니다."

원래 유검의 성격은 차분하고 신중했다. 거기에 총명함까지 더해 양인명의 신임을 크게 받고 있었다. 과격한 힘이 필요할 때는 파검을, 차분히 처리할 문제는 유검을 보냈다.

"그를 해치운 이가 벽력검이란 보고가 있다고 들었습니다."

"그렇네."

"벽력검이 이번 일에 나선 내막에 대해 정확히 알아야 하지 않겠습니까?"

그러자 파검이 언성을 높이며 끼어들었다.

"벽력검에 대한 부분은 아직 소문에 불과하네!"

그러자 유검이 단호하게 고개를 내저었다.

"벽력검이 개입한 것이 확실하네."

"왜 그렇게 생각하나?"

양인명의 물음에 유검이 차분히 말했다.

"아주 단순한 문젭니다. 벽력검이 아니라면 누가 있어 임천세를 죽였겠습니까?"

양인명이 고개를 끄덕였다.

파검이 다시 끼어들었다.

"흉수가 벽력검이라고 소문을 냈을 수도 있지."

"그렇다면 더욱더 위험한 일이네."

유검의 반박에 파검은 아무 대답도 하지 못했다. 하지만 그렇다고 그대로 물러설 파검이 아니었다. 은연중에 유검과 경쟁의식이 큰 파검이었다. 양인명이 있는 앞에서 유검에게 밀리고 싶지 않았다. 그것이 유검이 더 잘한다고 알려진 정세 파악이라 할지라도.

파검이 다시 목에 핏대를 세웠다.

"자네 말도 일리는 있네만, 병법에는 언제나 그 출병 시기가 매우 중요한 법이네. 임천세가 죽고 혼란스러운 지금 이 순간을 놓친다면 나중에 크게 후회하게 될 것이네."

막휘가 다시 파검의 의견을 거들고 나섰다.

"옳으신 말씀이십니다. 곧바로 쳐들어가서 임하기부터 확보해야 합니다. 풍운성이나 흑도방이 나서기 전에 우리가 먼저 움직여야 합니다."

파검은 원래 다혈질적이고 전투적인 성격이었다.

원래 막휘는 유검과 파검의 중간 정도의 기질이었다. 하지만 그는 백호대를 이끄는 전투부대의 수장이었고 결국 파검의 의견에 동조했다. 왜, 누가 어떤 이유로 임천세를 죽였는가는 지금 중요하지 않았다. 임천세의 죽음이 확실해진 지금, 기회를 놓쳐서는 안 된다는 생각이었다.

그에 비해 유검은 끝까지 신중하자고 주장했다.

"풍운성이나 흑도방 역시 함부로 나서지 못할 겁니다. 그들 역시 우리와 마찬가지 입장이니까요. 저희가 움직이지 않는 한, 그들도 움직일 수 없습니다. 시간은 충분합니다."

비슷한 논리로 서로의 의견이 계속 이어졌다. 양측의 의견이 팽팽히 맞섰다. 양쪽 모두 옳은 이야기였다.

결국 양인명이 선택한 것은 중도책이었다.

양인명이 막휘에게 명령을 내렸다.

"선발대로 자네가 백호대를 거느리고 가게."

막휘의 표정이 밝아졌다. 전쟁에 있어 선발대란 가장 위험하지만, 동시에 가장 큰 공을 세울 기회가 있었다.

"북천패가와 충돌을 최대한 피하고 그들 본단까지 침입하게."

백호대는 남악련의 정예. 충분히 가능한 일이었다.

양인명의 지상최대의 명령이 내려졌다.

"목표는 임하기네."

　　　　*　　　　*　　　　*

　달빛 아래 누군가 홀로 서 있었다.

　평소와는 너무나 다른 진지한 표정의 적이건이었다. 손에
들린 것은 군자검이었다.

　군자검이 적이건의 손을 떠났다. 군자검이 천천히 허공에
떠올랐다.

　적이건의 손짓에 따라 군자검이 천천히 움직였다. 마치 깨
어지는 소중한 물건을 다루듯 적이건의 손길은 조심스러웠다.

　서서히 허공을 비행하는 군자검. 먹잇감을 노리듯 그 움직
임이 신중했다.

　목표는 담벼락이었다.

　어느 순간.

　쇄애애애액!

　군자검이 폭발하듯 담벼락을 향해 날아갔다.

　파앗.

　담벼락을 통째로 날려 버리려던 군자검이 그 한 치 앞에 딱
멈췄다.

　적이건의 손끝을 따라 군자검이 천천히 움직였다.

　"아직 멀었다."

　적이건이 돌아보니 담벼락 위에 누군가 앉아 있었다. 이기
어검술을 보고 아직 멀었다는 표현을 할 수 있는 유일한 사람,

조그마한 체구의 그녀는 바로 양화영이었다.

"당연히 멀었죠."

적이건이 양화영이 앉아 있는 담벼락으로 몸을 날렸다.

적이건이 옆에 앉자 양화영이 옆으로 떨어졌다.

"덥다. 떨어져 앉아라."

양화영의 장난에 적이건이 양화영을 감싸 안았다. 적이건이 일부러 굵직한 목소리를 냈다.

"오랜만이구려, 양 소저!"

"이놈아! 징그럽다."

"그러지 말고 이리 안기시오!"

"저리 안 가!"

말과는 달리 양화영의 얼굴에는 웃음기가 가득했다.

"오늘 밤은 달이 없네요."

"대신에 별이 좋구나."

"전 달이 좋은데. 보고 있으면 마음이 편안해지거든요."

"쪼그만 녀석이 웬 달타령이냐."

"헤헤헤."

한줄기 바람이 불어왔다. 바람은 두 사람의 마음까지 시원하게 어루만져 주고는 다시 담벼락 너머로 사라졌다. 다정한 조손처럼 두 사람이 서로를 보는 눈빛은 혈육의 그것보다 더 따스했다.

"할머니."

"왜?"

"할머니 젊었을 때는 어땠어요?"

"뭐가?"

"그냥 이것저것."

"여러모로 지금보다야 좋았지. 인심도 좋았고. 요즘이야 어디 객잔에 퍼질러 앉아 마음 편히 밥이라도 한술 뜨겠더냐? 조그만 일에도 파르르! 째려만 봐도 쇠붙이부터 뽑아 드니."

"지존마후께서 하실 말씀은 아니신 듯하옵니다!"

양화영이 웃었다. 자글자글한 주름 사이로 세월의 회한이 느껴졌다.

"뭐 하나 물어봐도 돼요?"

"네놈이 언제 그런 것 따지고 물었더냐?"

"그냥, 마음에 상처가 될 이야기라서."

"그럼 하지 마!"

"그래서 미리 양해를 구하잖아요."

"왜 혼인 안 했냐고?"

"하여간 귀신이라니깐."

"후후후."

양화영이 하늘을 올려다보았다. 지난 세월이 흘러내리는 유성처럼 스쳐 지나갔다.

"말해줄 테니까, 어디 가서 말 안 하기로 약속하겠느냐?"

"나 입 무거운 것 잘 알잖아요!"

"행여나!"

오늘따라 마음이 동했는지 양화영이 오랫동안 하지 않았던 이야기를 꺼냈다.

"내게 지존마후란 별호를 내리신 분이 누구인지 아느냐?"

"당시 천마신교의 교주님이셨다면서요?"

"그래, 그렇다. 교주님이셨지."

양화영의 눈가가 촉촉해졌다.

적이건이 설마하는 눈빛으로 양화영을 쳐다보았다. 양화영이 미소를 지으며 고개를 끄덕였다.

"그분이 교주직에 오르셨을 때, 나는 네 나이쯤 되었을 거다. 당시 마인들 사이에서 그분에 대한 일화는 무궁무진했지. 적수공권으로 시작해 일반 조원에서 흑풍대주를 거쳐 교주의 자리에 오르신 그분은 모든 마인들의 꿈이자 이상이었단다."

"그분께 직접 무공을 배웠어요?"

양화영이 고개를 끄덕였다.

"아주 잠시였지. 하지만 그 덕분에 난 커다란 심득을 깨우칠 수가 있었단다. 지존마후라 불릴 수 있었던 것도 다 그 덕분이지."

"둘이 사귀었어요?"

딱!

적이건의 뒤통수에 불이 났다.

"그분께서는 이미 혼인을 하신 상태였고, 부인을 아주 사랑하셨지."

"그럼 짝사랑이었네."

"그런 셈이지."

적이건이 미리 뒤통수를 감싸 쥐고 너스레를 떨었다.

"아, 우리 할머니 이제 보니 정말 순정파잖아!"

양화영은 그저 웃기만 했다.

적이건이 조금 진지하게 물었다.

"혼인하지 않은 것, 후회하지 않아요?"

"아주 가끔은."

이내 양화영의 얼굴에는 장난기가 번졌다. 그녀가 적이건의
볼을 잡아당겼다.

"이렇게 귀여운 손주가 있는데 무슨 후회!"

"아아아! 아파요! 우리 양 소저 다 좋은데 손버릇이… 아아
아! 잘못했어요."

한껏 장난을 친 후 두 사람이 마주 보며 깔깔 웃었다.

잠시 별빛을 바라보며 두 사람은 말이 없었다.

문득 적이건이 물었다.

"할머니, 나 제대로 가고 있을까요?"

양화영의 입가에 살짝 미소가 스쳤다.

"왜? 잘못된 길을 가는 것 같으냐?"

"사실 처음 천하제패를 하겠다고 마음먹었을 때는 아무 생
각이 없었어요."

"그런데 왜 천하제패를 꿈꾸었느냐?"

"여러 꿈 중에서… 제일 근사해 보였거든요."

양화영이 깔깔거리며 웃었다.

"그 꿈을 꾼 것을 후회하느냐?"

그러자 적이건이 고개를 내저었다.

"아니."

"그럼 뭘 걱정하느냐?"

"그냥… 기왕 가는 길이라면 제대로 똑바른 길을 가고 싶어서요."

"내가 보기에는……."

양화영이 잠시 뜸을 들였다.

적이건이 조금 기대하는 눈빛을 발했다. 그에 비해 평가는 조금 박했다.

"…아직은 나쁘지 않다."

"꽤 인색한 평가네."

그러자 양화영이 다시 웃었다.

"나쁘지 않다는 것만 해도 아주 훌륭한 평가지."

"왜 그렇죠?"

"네가 가야 할 길은 나쁘지 않고는 갈 수 없는 길이란다."

"……."

"권력을 가진다는 것은 누군가의 머리 위에 선다는 것이다. 인간은 본능적으로 굴복당하는 것을 싫어하지. 그들을 일일이 설득할 자신이 있느냐? 그들 모두를 감화시켜 스스로 고개를 숙일 수 있게 만들 자신이 있느냐?"

적이건이 가벼운 한숨으로 그 대답을 대신했다.

"신교가 그 오랜 역사 동안 변함없이 공포정치를 지향한 것이 그 이유지. 가장 쉽고 확실한 방법이니까."

적이건은 아무 말이 없었다.

양화영이 그의 어깨를 가볍게 두드려 주었다.

"너만이 할 수 있는, 너만의 길이 있을 것이다. 조급해하지 말고 천천히 걸어가거라."

"네."

"그리고 한 가지. 지금의 마음을 절대 잊어서는 안 된다. 한 번 삐뚤어진 마음은 시간이 흐르면 흐를수록 더욱 나쁘게 굳어지기 마련. 좋은 뜻을 세웠다면 평생 그 마음을 잊지 않고 살아가는 것, 항시 잊지 않기를 바란다. 그 점은 네 아비를 닮아도 좋다."

적이건이 묵묵히 고개를 끄덕였다.

양화영이 다정히 말했다.

"지금의 마음을 잃지 않는다면……."

"그러면?"

"세월이 많이 흐른 후에도… 나쁘지 않다는 평가를 듣겠지?"

"하하하! 목표를 그렇게 잡아야겠어요! 머릿속이 맑아진 기분이에요."

적이건이 활기를 되찾았다. 다시 목소리를 굵게 변조했다.

"이러니 본좌가 양 소저를 좋아할 수밖에 없지 않소?"

다시 안으려는 적이건을 양화영이 걷어찼다.

적이건이 담벼락에서 떨어졌다.

양화영을 돌아보지 않은 채 적이건이 밤하늘을 올려다보았다.

"그때까지… 건강하세요."

양화영이 미소를 지었다. 적이건의 시선을 따라 그녀가 천천히 고개를 들었다. 밤하늘처럼 깊은 눈빛의 그녀는 여전히 무슨 생각을 하는지 알 수 없었다.

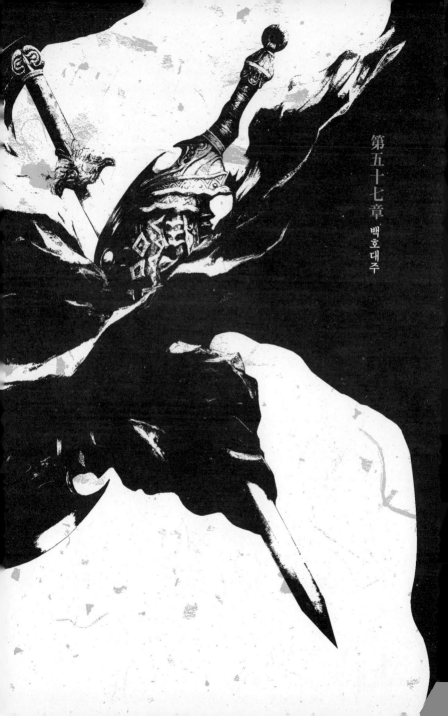

第五十七章 백호대주

쏴아아아아아아!

억수 같은 비가 쏟아지는 늦은 밤, 사내 하나가 높고 긴 담을 넘었다.

담을 넘어 내려선 사내가 날렵하게 나무 뒤로 몸을 숨겼다. 조금 떨어진 곳에서 그가 서 있는 방향으로 피풍의로 몸을 두른 두 명의 무인이 걸어오고 있었다.

나무 뒤에 몸을 숨긴 사내는 전혀 긴장하지 않았다. 빠른 몸놀림만큼이나 사내는 대범했다.

두 무인이 쏟아지는 비를 피해 잠시 나무 밑에 멈춰 섰다.

"비도 오는데 오늘 일 마치고 술이나 한잔하세!"

"그러세."

"참, 소가주님 취임식이 정해졌다지?"

"그렇다더군."

"과연 소가주께서 잘해내실 수 있을까?"

"이 사람아, 입조심!"

두 무인이 다시 순찰을 나서려던 그 순간.

사내가 스윽 그들 뒤로 다가섰다.

서걱! 서걱!

두 무인이 동시에 목을 부여 쥐고 쓰러졌다. 비명조차 내지를 수 없는 깔끔한 실력이었다. 한눈에 봐도 이런 침입과 살인에 경험이 풍부한 사내였다.

경비무인들의 시체를 나무 뒤에 숨긴 뒤, 비수 자루로 담을 두 번 두드렸다. 그러자 사내가 넘어왔던 담으로 십여 명의 사내가 바람처럼 날아서 넘어들었다.

그들은 바로 남악련 백호대의 무인들이었다. 남악련의 정예무인들답게 그들의 움직임은 절도가 있었다. 두 무인을 죽인 사내가 바로 백호대주 막휘였다.

막휘는 백호대의 무인들 중 최고로 뛰어난 십여 명을 따로 뽑았다. 오늘의 임무는 매우 중요했고 은밀히 진행해야 할 일이었다.

그들이 담을 넘은 바로 이곳은 북천패가 본가였다.

임하기를 납치해 돌아가는 것이 오늘의 임무였다.

막휘가 이곳에 도착한 것은 사흘 전이었다. 임하기가 외출하기를 기다렸지만 임하기는 본단에 틀어박혀 나오지 않았다. 결국 야밤급습이라는 무리수를 둘 수밖에 없었다.

막휘는 오늘의 작전이 불가능한 작전이라 생각하지 않았다. 어쩌면 외부에서의 작전보다 더 쉬울 수 있었다. 일단 자신들의 본단까지 쳐들어오리라곤 상상도 하지 못할 테니까.

그리고 오늘의 작전을 가능하게 한 결정적인 이유가 하나 있었다.

남악련에서는 이미 오래전부터 북천패가의 본단에 대해 많은 정보를 입수해 둔 상태였다. 어디에 기관장치가 있으며 번을 서는 인원은 모두 몇 명인지. 물론 그 정보가 모두 정확한 것은 아니겠지만 칠 할만 정확해도 엄청난 도움이 될 것이다.

막휘가 맞은편 건물 위로 소리없이 날아올랐다. 지붕 위에 두 명의 무인이 번을 서고 있었다.

쉭쉭!

막휘가 날린 두 자루의 비수는 정확히 그들의 목에 박혔다.

막휘가 달려가 그들이 쓰러지기 전에 받아 안았다. 그야말로 전광석화같이 빠른 행동이었다.

곧이어 백호대 수하들이 들고양이처럼 가볍고 빠른 몸놀림으로 그곳으로 날아올라 왔다.

그곳 지붕에 수하 하나가 남고 다시 그들이 몸을 날렸다. 퇴로 확보를 위해 십여 명 중 다섯 명의 무인들이 지붕 곳곳에 은

신해 숨어들었다. 그들의 임무는 바깥 병력 이동을 감시하는 것과 동시에 비상사태 시 퇴로를 확보하는 것이었다.

막휘는 다섯 명의 정예무인들을 데리고 정확히 임하기의 처소를 향해 최단거리로 이동하고 있었다.

쉭쉭!

복도에 번을 서던 무인 둘이 다시 쓰러졌다.

지금부터는 시체 처리를 하지 않았다. 이제부터는 최단시간 내 달려야 했다.

다시 여섯 명의 경비무인을 해치웠을 때 그들은 이윽고 목표했던 곳에 도착했다.

바로 임하기의 숙소였다.

'설마 정말 그들이 당했단 말인가?'

숙소까지 다가와서 막휘는 천노와 단월이 죽었음을 확신했다.

그렇지 않다면 지금쯤 그들 중 하나가 자신들의 앞을 막아섰어야 했다.

'해낼 수 있다!'

막휘가 두근거리는 마음을 진정시키며 조용히 임하기의 방문을 열었다.

침상에 임하기가 자고 있었다. 소리없이 검을 뽑아 든 막휘가 조용히 침상 옆으로 다가섰다.

자고 있는 임하기의 목에 조용히 검을 겨눴다.

임하기가 잠에서 깼다. 막휘와 임하기의 눈이 딱 마주쳤다.

그 순간 막휘는 느꼈다.

놀란 듯 보였지만 진심으로 놀라지 않는 눈빛.

'가짜?'

분명 이 상황을 예상한 그런 눈빛이었다.

"빌어먹을!"

푹!

막휘가 사정없이 임하기의 목을 베었다.

"크윽!"

임하기의 목에서 피가 튀어 올랐다.

"속았다! 함정이다!"

바로 그때였다.

퉁, 퉁, 퉁, 퉁!

창을 부수며 무엇인가 날아들었다.

"폭천뢰다! 피해!"

"대주님! 피하십시오!"

수하들이 폭천뢰를 향해 몸을 던졌다.

"빌어먹을!"

막휘가 창문을 부수며 몸을 날렸다. 고민할 시간이 없었다.

꽈아앙!

폭음과 함께 등 뒤로 폭풍 같은 파편이 밀려들었다.

바닥에 굴러 떨어진 막휘가 벌떡 몸을 일으켰다. 막휘가 낭

패한 표정을 지었다. 수하들이 몸을 던져 폭발력을 줄여주지 않았다면 자신 역시 폭발의 충격에 큰 부상을 당했을 상황이었다.

문제는 그것이 아니었다.

"쥐새끼 같은 놈!"

수십 명의 무인들이 그를 둘러싸고 있었다. 이미 밖에서 대기하기로 했던 수하들도 모두 붙잡혀 있었다.

'함정이었군.'

막휘는 절망에 휩싸였다. 그는 배신자가 있다고 단정했다. 오늘의 이 작전을 아는 사람은 남악련 내에서도 극소수였다.

그랬기에 어떻게 해서든 살아 돌아가야 했다. 그래서 이 사실을 알려 배신자를 색출해 제거해야 했다.

하지만 둘러싼 이들은 일반 무인들이 아니었다.

한눈에도 기도가 대단한 고수들!

그들은 사우패를 비롯한 친북천패가의 가주들이었다.

막휘는 상대의 실력을 정확히 가늠했다. 자신보다 비슷하거나 한 수 아래의 실력들이 무려 서른 명이 넘었다. 거기에 그들 뒤로 오십여 명의 일반 무인들이 포위망을 형성하고 있었다.

그들 가운데에 진짜 임하기가 조금 노한 얼굴로 서 있었다.

"백호대주 막휘! 쥐새끼 같은 놈이 감히 여기가 어디라고 기어들어 와?"

막휘가 지지 않고 소리쳤다.

"늙고 병든 할애비가 죽으니 어리석고 못생긴 어린놈이 기고만장하구나!"

그 조롱에 임하기의 눈에서 살기가 솟구쳤다.

사우패가 나서서 소리쳤다.

"투항하라!"

그 말에 막휘가 피식 웃었다.

"투항하면 살려줄 텐가?"

"물론이다."

"지랄 마라!"

차앙!

막휘가 검을 뽑아 들었다. 죽으면 죽었지 투항이란 그의 인생에 없는 선택이었다.

투항하면 죽음보다 더한 고문이 자신을 기다릴 뿐이란 것을 그는 잘 알고 있었다.

'한 놈이라도 베고 간다!'

막휘가 이를 악물었을 바로 그때였다.

막휘의 귓가로 전음이 들려왔다.

"신호 가면 바로 위로 날아올라!"

막휘가 깜짝 놀랐다. 언젠가 분명 들어본 목소리였는데 누구인지는 기억나지 않았다.

'어떤 신호를 보낸단 말이지?'

신호는 아주 거창하고 대단했다.

툭, 툭, 툭, 툭.

사우패 등을 향해 뭔가가 굴러 떨어졌다.

동시에 지붕 위에서 누군가 소리쳤다.

"폭천뢰다!"

모두들 아연실색하며 사방으로 몸을 날렸다.

막휘는 그 순간을 놓치지 않았다. 그가 땅을 박차고 날아올랐다.

평평평평!

터지긴 터졌지만 그것은 폭천뢰가 아니었다. 연기가 자욱하게 피어올랐다.

"속았다! 폭천뢰가 아니라 연막탄이다!"

"놈을 찾아라!"

"추격해!"

순식간에 그곳은 난장판이 되었다. 연기가 잦아들었을 때, 이미 막휘의 모습은 보이지 않았다.

"빌어먹을! 추격해!"

가주들이 일제히 몸을 날리려던 그때.

"그럴 필요 없습니다."

뒤에서 나선 사람은 봉수찬이었다.

"비 때문에 추적에 성공하기 힘듭니다. 게다가 조력자까지 있는 것으로 봐서 공연한 희생만 늘릴까 염려됩니다."

임하기가 이를 바득바득 갈았다.

"공자께서 무사하셨으면 그걸로 충분합니다."

"봉 장로가 아니었다면 꼼짝없이 오늘 변을 당할 뻔했소."

오늘의 침입을 알려온 사람이 바로 봉수찬이었다. 물론 봉수찬에게 그 정보를 준 것은 적이건이었다. 팔방추괴는 반드시 남악련이 움직일 것이라 예상했다. 창월단의 모든 인원을 남악련에 투입한 결과 오늘의 움직임을 알아차릴 수 있었던 것이다.

봉수찬에 대한 임하기의 신뢰감은 이전과 비교할 수 없을 정도로 높아졌다. 봉수찬은 목숨의 은인이었다.

"이번 일로 놈들도 정신을 차렸을 겁니다."

"그러기를 바라야지요."

봉수찬이 다시 가주들을 향해 말했다.

"우선 안으로 들어들 가셔서 비부터 피하시지요. 모두들 수고들 하셨소."

그러자 사우패가 포권을 하며 말했다.

"별말씀을! 당연히 해야 될 일이지요. 자, 들어가시지요."

두 사람이 껄껄 웃으며 마음과 다른 표정을 연출했다.

사우패가 봉수찬을 경계하고 있었다. 지켜준다는 명목으로 어린 임하기를 멋대로 조종하려 했는데, 봉수찬이 먼저 그 자리를 차지하고 나온 것이다.

그렇다고 사우패는 아직 포기하지 않았다. 이제 시작일 뿐이었다. 어차피 마지막에 웃는 사람이 승자인 것이다.

돌아선 두 사람의 눈빛은 하나의 먹잇감을 두고 다투는 들개의 그것이 되었다.

일각 후. 그곳에서 이십 리쯤 떨어진 낡은 사당에 막휘가 도착했다.

다행히 쏟아지는 비가 도주의 흔적을 지워주고 있었기에 잠시 쉬어갈 여유가 있었다.

"잠시 쉬어가지."

막휘가 뒤를 돌아보며 말했다.

뒤따르던 사내가 고개를 끄덕였다. 연막탄을 던져 자신을 구해준 이는 바로 적이건이었다.

두 사람이 바닥에 주저앉았다. 추격자가 있을지 몰랐기에 불을 피울 수도 없었다.

막휘가 두 손으로 얼굴을 감싸 쥐었다. 엄청난 피로감이 밀려들었다. 함께 왔던 수하들을 생각하면 피가 거꾸로 흐르는 것만 같았다. 당장이라도 되돌아가 임하기를 쳐 죽이고 싶었다. 이곳까지 달려오면서 몇 번이나 그 생각을 했는지 몰랐다.

하지만 포기해야 했다. 작전은 실패였다. 인정할 건 인정해야 한다.

적이건이 품 안에서 육포를 꺼내 반으로 갈랐다.

적이건이 육포 조각을 막휘에게 던져 건넸다.

육포를 받아 든 막휘가 잠시 말없이 적이건을 응시했다. 막휘는 적이건을 분명히 기억했다. 두 사람은 예전에 주점 춘풍에서 만난 적이 있었다. 가짜 웅담주 사건을 명쾌하게 해결한 적이건을 어찌 쉽게 잊을까?

"어떻게 알고 날 도와준 거지?"

막휘의 눈빛에는 깊은 의심이 담겨 있었다.

그에 비해 적이건은 태연했다.

"임가 놈과는 원한이 있지요."

"원한?"

"놈이 내 여자를 노렸소."

"무슨 말이지?"

"정검문의 정 소저 말이오."

"아아!"

막휘는 어떻게 된 일인지 알 수 있었다. 임천세가 정검문에 매파를 보낸 일이나, 그 혼담이 결렬되자 앙심을 품고 정검문을 함정에 빠뜨린 일은 공공연한 소문이었다.

"다행히 정 문주께서는 무사하지만 정 소저는 마음에 큰 상처를 입었소. 난 놈을 용서할 수 없소."

"그래서 놈을 죽이러 들어간 것인가?"

"오늘은 정찰만 하려고 갔었는데……."

어떻게 된 사정인지 대충 알 것 같았다.

"이만 여기서 헤어지죠. 공연히 그쪽 따라갔다가 나까지 덤

터기 쓰긴 싫으니까. 혼자 갈 수 있겠죠?"

"물론이네."

적이건이 돌아서는 모습을 보자 의심하던 마음이 잦아들었
다. 뭔가 의도가 있다면 자신을 구해주고 이렇게 그냥 헤어질
리 없다는 생각 때문이었다. 단순히 호감을 얻기 위해 접근한
것이라고 보기에는 너무 위험한 일이었다.

"고맙네. 자네가 아니었다면 아마 난 죽었을 것이네."

"아직 죽을 팔자가 아닌 모양이지요."

적이건이 사당 밖으로 걸어나가 빗속으로 사라졌다.

막휘가 다른 쪽 길로 사라졌다.

잠시 후 그곳으로 다시 적이건이 모습을 드러냈다.

사당 뒤에서 무영이 걸어나왔다. 무영은 도롱이를 쓰고 피
풍으로 몸을 두르고 있었다.

홈빽 젖은 적이건이 짐짓 울상을 지었다.

"비 다 맞았네. 이러다 감기 들지."

"하하하. 제가 아는 도련님은 독비가 쏟아져도 아무 이상 없
으십니다."

"과대평가는 사절이야! 그건 빨리 죽는 지름길이라고."

"하하하."

"그나저나 잘 넘어간 것 같지?"

"네. 의심할 여지가 없지 않습니까? 저 막휘라는 자의 성정
으로 볼 때 어떤 식으로든 도련님에게 보답을 할 겁니다."

그 보답을 바라고 한 일은 아니었다. 남악련이 임하기를 확보하지 못하게 하기 위함이었다. 아직은 양측의 균형이 무너져선 안 되었다.

"이만 돌아가지."

"저는 잠시 봉수찬에게 들렀다 가겠습니다."

"조심하고."

"걱정 마십시오."

그렇게 두 사람이 빗속에서 반대쪽으로 헤어졌다.

*   *   *

"그놈부터 죽여야 해!"

한 차례 큰 위기를 넘기고 집무실로 돌아온 임하기는 적이건에 대한 적개심을 드러냈다.

적이건에게 당한 수모는 정말 잊을 수 없는 것이었다.

물론 그는 인정하지 않고 있었지만 무의식 깊은 곳에서는 적이건에 대한 공포심도 커졌다.

그에게 다행스런 일은 호신일가주 공손하가 그에게 충성을 맹세한 일이었다. 비록 송철영과의 일전에서 패한 그였지만 적어도 북천패가에 대한 충성심만큼은 그 누구보다 강한 사람이었다. 대천회가 사라진 지금, 임하기에게 호신일가의 충성은 그야말로 가장 다행스런 일이었다. 적어도 허무한 암살의 위협에서는 벗어난 것이다.

"복수는 미루셔야 합니다."

임하기를 만류한 사람은 바로 봉수찬이었다.

"그게 무슨 소리요? 그럼 그냥 넘어가잔 말이오?"

"물론 아닙니다. 하지만 지금은 때가 아닙니다."

봉수찬이 좋은 어조로 임하기를 달랬다.

"청산이 푸르른 한 땔감 걱정이 없다는 말이 있습니다. 언젠가 그자를 박살 낼 기회가 올 겁니다."

임하기는 여전히 못마땅한 표정이었다.

"놈에게 복수를 하지 않는다면 모든 강호의 동도들이 나를 비웃을 것이오."

"아닙니다. 아무도 비웃지 않습니다. 다만 가주님께서 수치스럽다 생각하실 뿐입니다."

가주란 표현에 임하기가 깜짝 놀랐다. 아직 공식적으로 가주 자리에 오르지 못한 그였다. 그런 상황에서 가주란 말은 임하기의 마음을 크게 흥분시켰다.

"그럼 어떻게 해야 하오?"

봉수찬은 내심 임하기를 비웃었다.

'가소로운 녀석.'

봉수찬이 극악 처방을 내렸다.

"남악련이 전면전을 일으킬 수도 있습니다."

전면전이란 말에 임하기가 흠칫 놀랐다. 대담하게 본 가에 있는 자신을 노린 그들이었다. 충분히 그럴 수 있으리란 생각이 들었다.

봉수찬은 임하기란 애송이를 어떻게 다뤄야 하는지 너무나 잘 알고 있었다.

"남악련에 모든 신경을 쏟으셔야 합니다. 적이건 따위는 그 다음 문젭니다."

임하기가 묵묵히 고개를 끄덕였다.

두려움을 주었으니 이제 달콤함을 줄 차례, 봉수찬이 넌지시 말했다.

"일단 정식으로 가주 자리에 오르셔야 합니다."

그 말에 다시 임하기가 짜릿한 흥분감을 느꼈다. 일단 가주 자리에만 오르면 하지 못할 일이 없다.

"언제면 좋겠소?"

"빠르면 빠를수록 좋지요."

봉수찬은 그야말로 임하기가 듣고 싶은 말만 하고 있었다.

"공자님은 본 가의 유일한 정통후계자이십니다. 망설일 이유도 필요도 없습니다."

임하기는 봉수찬이 더없이 친근하게 느껴졌다.

자신이 본가로 돌아오기가 무섭게 많은 이들이 자신을 방문했다. 여러 가주들과 장로들이었다.

비밀리에 할아버지의 장례식도 치렀다. 강호의 소문이 워낙 좋지 않은 점도 있었고, 다른 사패들의 움직임이 걱정되어 비밀리에 진행된 장례였다.

하지만 장례가 끝나고 나서도 그들 중 누구도 가주 취임에 대해 언급한 이들은 없었다. 모두들 눈치만 살피고 있었다. 아직 힘이 약한 임하기였다. 어떤 반란이 어떻게 일어나 상황이 바뀔지 모를 일이었다.

하지만 봉수찬은 달랐다. 누구보다 발 빠르게 움직였다.

"새로운 가주 체계하의 북천패가가 건재하다는 것을 강호에 알려야 합니다. 동시에 남악련이 도발하지 못하게 강수를 써야 합니다."

"어떤 방법이 있겠소?"

그러자 봉수찬이 생각지도 못한 말을 꺼냈다.

"풍운성을 우리 쪽으로 끌어들이는 겁니다."

임하기가 깜짝 놀랐다.

"풍운성을? 늑대를 막자고 호랑이를 끌어들이는 꼴이 아니오?"

"그 반댑니다. 호랑이를 막자고 늑대를 끌어들이는 것이지요."

"그게 그거 아니오?"

"확실히 다릅니다."

봉수찬의 차분한 설명이 이어졌다.

"풍운성이나 흑도방은 남악련에 비해 그 세력이 한 수 아래입니다. 남악련의 도발만 막아내면 풍운성은 오히려 상대하기

쉽습니다."

임하기 역시 모르는 바 아니었다. 하지만 다른 세력을 끌어들인다는 것은 내키지 않는 일이었다.

봉수찬이 다시 그를 설득했다.

"일전의 귀살문의 일을 기억하십니까?"

"물론이오."

임하기가 청부를 넣는 바람에 북천패가 큰 곤혹을 당했었다. 임천세에게 처음으로 뺨까지 맞았으니 잊을래야 잊을 수 없는 일이었다.

"그때 남악련에게 넘기기로 한 것들이 있습니다. 무한을 그들의 교두보로 내줌과 동시에 그곳의 모든 이권을 넘기기로 했지요."

"그래요?"

자신의 실수가 그렇게 큰 결과를 낳았다고 생각하니 얼굴이 붉어졌다.

"그걸 풍운성에게 주는 겁니다."

"그럼 그들이 가만히 있을까요?"

"어차피 남악련은 도발해 올 겁니다. 어차피 버린 이권입니다. 풍운성에 준다고 전혀 손해날 것이 없습니다. 풍운성과 남악련이 서로 치고받게 만드는 겁니다."

망설이는 임하기를 향해 봉수찬이 쐐기를 박았다.

"그렇게 시선을 돌려야만 무사히 가주취임식을 마칠 수 있습니다."

가주취임이란 말에 임하기의 마음이 돌아섰다.

"좋소. 봉 장로만 믿겠소."

"걱정 마십시오."

세부적인 부분을 논의한 뒤 봉수찬이 밖으로 나왔다.

봉수찬이 자신의 거처로 돌아왔을 때, 무영이 그를 기다리고 있었다.

"어떻게 되었소?"

"계획대로 되었소. 당분간 그는 딴 데 신경을 쓰지 못할 것이오."

"반드시 남악련과 치고받고 싸우게 만들어야 하오."

"걱정 마시오. 한데 철장문주가 마음에 걸리는구려."

"사우패 말씀이시오?"

"그렇소. 북천패가 내 그자의 영향력은 매우 크오. 임하기를 마음대로 조종하려면 그자를 어떻게든⋯⋯."

"그자는 신경 쓰지 않아도 될 것이오."

이미 귀살문주의 먹잇감이 된 사우패였다. 그의 파멸은 시간문제였다.

봉수찬은 이미 그에 대한 안배가 되어 있다는 것을 알고 다시 한 번 놀랐다.

'정말 대단하군.'

무영이 봉수찬에게 약을 내밀었다. 한 달에 한 번씩 복용해야 하는 해약이었다.

해약을 받아 들며 봉수찬이 물었다.

"한 가지 물어보고 싶은 게 있소."

"뭐요?"

"당신들 진정한 속셈이 뭐요?"

여전히 적이건과 무영을 정도맹 쪽 소속이라 믿고 있는 그였다.

무영은 굳이 그 착각을 깰 필요가 없다고 생각했다.

"우리가 너무 오래 쉬지 않았소?"

봉수찬 역시 그렇게 예상했던 터였다. 정도맹은 이제 천하사패를 분열시켜 힘을 약화시킨 다음 다시 강호로 복귀하려는 것이다.

"당신들, 원래 이렇게 무서웠소?"

물론 부드럽게 고쳐 물은 것이었다. 원래 봉수찬의 물음은 '원래 당신들 이렇게 더럽고 치사했소?' 였다.

그러자 무영이 돌아서며 싸늘히 말했다.

"세상이 그렇게 변했으니까."

第五十八章 소교하산

絶代
君臨
절대군림

무한으로 돌아가던 무영이 남양(南陽) 인근의 한 객잔에 도착한 것은 거의 자정이 다 되어서였다.

　"어서 옵셔."

　입구의 계산대에서 앉아 졸고 있던 점소이가 반갑게 무영을 맞았다.

　"술과 간단히 요기할 거리를 내오게."

　"주무시고 가실 겁니까?"

　방갓을 벗으며 무영이 고개를 끄덕였다. 꽤 먼 거리를 쉬지 않고 달려온 탓에 허기도 지고 피곤했다. 한 잔 마신 후, 목욕을 한 뒤 한숨 푹 자야겠다고 마음먹었다.

"곧 대령하겠습니다."

점소이가 쪼르르 주방 쪽으로 달려갔다.

객잔은 한적했는데 손님이라곤 구석에 등 돌린 채 국수를 먹고 있는 사내 하나가 전부였다.

창천문의 일은 순조롭게 진행되고 있었다.

의외로 봉수찬이 큰일을 해내고 있었다. 봉수찬은 임하기를 조종하며 북천패가와 남악련의 분쟁에 큰 역할을 할 것이다. 물론 무영은 봉수찬을 진심으로 믿지 않았다. 언젠가 봉수찬은 반드시 배신할 것이다. 그때까지 잘 이용하면 그만이었다.

그때 서너 명의 손님이 들어왔다.

모두 다섯으로 검을 찬 무인들이었다. 그들 중 셋은 성큼성큼 걸어와 무영의 앞과 옆자리에 앉았다. 하나는 입구를 지켰고 나머지 하나는 곧바로 주방 안으로 들어갔다.

자신을 노린 움직임이었다. 물론 무영은 그대로 앉아 있지만은 않았다.

차앙!

무영이 검을 뽑아 든 순간이었다.

쉬이익!

어디선가 날아온 무엇인가가 무영의 검을 때렸다.

따앙.

무영의 손아귀를 찢고 날아간 검이 뒤쪽 벽에 박혔다.

벽에 박힌 채 부르르 떨리는 검을 돌아보는 무영의 얼굴이 심각해졌다.

자신의 검을 튕겨낸 것은 놀랍게도 젓가락이었다. 찢어진
손아귀에서 피가 흘러내렸다.

국수를 먹던 사내의 손에는 젓가락이 하나밖에 없었다. 사
내가 돌아보지 않은 채 말했다.

"거의 다 먹었으니, 마저 먹고 얘기하세."

그리고는 다시 젓가락을 하나 뽑아 국수를 먹기 시작했다.

무영과 마주 앉아 있던 사내가 명령조로 말했다.

"앉아!"

무영이 천천히 자리에 앉았다.

자신의 앞에 앉은 두 녀석은 물론이고 옆에 앉은 놈도 보통
놈들이 아니었다. 적어도 자신과 비슷하거나 한 수 위아래의
사내들. 젓가락을 날린 사내가 아니래도 달아나기 쉽지 않은
상황이었다.

'비연회?'

무영의 시선이 국수를 먹는 사내의 등을 향했다. 고수였다.
젓가락을 던져 자신의 검을 날릴 수 있을 정도의 고수라면? 분
명 자신도 알 만한 고수일 것이다.

분위기로 볼 때, 자신을 기다린 것이 틀림없었다. 그 말은
자신의 행적이 밝혀졌다는 뜻.

'빌어먹을.'

근래 수난의 연속인 무영이었다.

옷자락을 찢어 손의 상처를 감싸며 무영이 침착하게 물었
다.

"누구냐?"

상대는 순순히 자신들의 정체를 밝혔다.

"기산오협(奇山五俠)."

무영이 살짝 동요했다.

'기산오악(奇山五惡)!'

그들은 근래 강호에 악명을 떨치고 있는 사파 무인들이었
다. 온갖 악한 짓은 다 하고 다니는 이들이라 천하사패조차도
그들을 강호공적으로 삼아 추살하려는 이들이었다. 하지만 무
공이 뛰어나고 워낙 신출귀몰한 자들이라 아직까지도 잡히지
않고 있었다.

'비연회 이 새끼들! 온갖 잡것들까지 다 끌어들였구나.'

문제는 기산오악이 아니라 자신에게 젓가락을 던진 사내였
다.

'도대체 누구지?'

분위기로 볼 때, 기산오악은 그의 수하를 자처하고 있었다.

'이거 정말 좋지 않군.'

이윽고 사내가 젓가락을 내려놓았다. 물로 입을 헹군 후 객
잔 바닥에 뱉었다. 실로 파락호 같은 행동이었지만 상대는 파
락호가 아니었다.

고수 중의 고수.

사내가 돌아서서 천천히 무영에게로 걸어왔다. 벌어진 무복 사이로 붉은 문신이 살짝 보였다. 가슴에서 불타오르는 그 화려한 불꽃을 보는 순간, 무영의 안색이 완전히 굳어졌다.

'설마?'

무영이 아는 강호인 중 가슴에 불꽃문신을 새긴 인물은 한 명이었다.

염마(焰魔) 추양(秋陽).

무영의 추측은 정확했다.

사내는 염마 추양이었고, 또 다른 그의 신분은 비연회의 여섯 번째 고수 연육(燕六)이었다.

추양이 익힌 무공은 마공이었지만 천마신교에 소속된 마인은 아니었다.

강호에는 추양처럼 단체에 속하지 않고 자유롭게 활동하는 무인들이 훨씬 많았다. 정파의 무공을 익혔다고 모두 다 정도맹 소속이 아닌 것과 같은 이치였다.

추양이 무영의 맞은편에 앉았다.

"자넨 우릴 너무 우습게 봤군."

무영이 배에 힘을 줬다. 어차피 힘으로 이길 수 있는 상대가 아니었다. 정신을 바짝 차려야 한다.

"우리란 누굴 말하는 거요?"

추양이 인상을 굳혔다. 자신 앞에서 겁먹지 않은 척하는 것이 못마땅한 것이다.

무영은 더욱 강하게 나갔다.

"도무지 모르겠군. 천하의 염마가 어느 잡스런 집단의 하수인 노릇을 하는 것인지."

아주 기분 나쁜 조롱은 아니었다. 그만큼 자신을 높이 봐주는 것이었으니까.

"그렇다면 잡스런 집단의 하수인에게 붙잡힌 소감은 어떤가?"

"기분 더럽군."

"하하하하!"

추양이 통쾌하게 웃었다.

"내게 원하는 것이 무엇이오?"

"우리와 함께 가야겠다. 널 보고자 하는 분이 계신다."

무영의 마음이 무거워졌다. 스스로 다짐한 바가 있었다. 납치되는 수모를 겪느니 차라리 자결을 하겠다고. 끌려가면 어떤 고문을 당하게 될지 모를 일이었다.

죽음을 각오한 무영이 나직이 물었다.

"나를 보고자 하는 이가 비연회주요?"

추양이 차갑게 대답했다.

"가보면 안다."

무영은 추양의 표정과 대답에서 이번 일을 시킨 사람이 비연회주가 아님을 느낄 수 있었다. 비연회주란 말을 듣는 순간 추양이 살짝 긴장하는 것을 알아차린 것이다.

'비연회주가 아니라면? 누가 날 보려는 것일까?'

아무튼 끌려가는 것은 무영이 바라는 바가 아니었다.

"거절하겠소."

"목숨을 두고 농담하는 법이 아니라네."

추양이 손을 뻗어 무영의 마혈을 제압하려던 그때였다.

쉬이익!

무영이 비수를 던졌다. 벼르고 벼른 한 수였다.

팍!

벽에 박힌 비수의 손잡이가 파르르 떨렸다.

추양이 앉은 그대로 살짝 몸을 비틀어 비수를 피한 것이다.

"크흐흐흐."

기산오악이 소리 내어 웃었다.

"얌전히 굴어야지."

마치 여인을 대하듯 무영을 조롱한 추양이 스윽 손을 내밀었다.

그가 다시 무영의 마혈을 제압하려던 바로 그때였다.

새로운 손님이 객잔 안으로 들어왔다. 잿빛 장삼에 죽립을 눌러쓴 사내 하나가 입구에 매달린 주렴을 가르며 들어서는데, 기산오악 중 하나가 신경질적으로 말했다.

"영업 끝났다. 꺼져라."

흠칫 놀란 사내가 천천히 장내를 둘러보았다. 전혀 겁먹은 기색이 아니었다. 과연 사내는 경고를 무시한 채 안으로 들어

소교하산 231

섰다.

꺼지라고 경고했던 사내가 인상을 쓰며 벌떡 일어났다.

"이 자식이!"

그때 추양이 손을 들어 그를 제지했다.

추양의 두 눈이 가늘어지며 심각해졌다.

엄청난 존재감이었다. 기산오악은 알아차리지 못했지만 자신은 알 수 있었다. 보통 상대가 아니었다.

'고수다!'

상대가 살기를 뿜지 않았음에도 온몸이 절로 떨려왔다. 이 정도의 고수를 만나본 적이 언제였을까 싶을 정도의 존재감.

중년인이 한옆 자리에 앉았다. 그리고는 태연히 말했다.

"여기 주문받게."

중년인의 굵직한 목소리가 장내에 울려 퍼졌다. 하지만 점소이는 모습을 보이지 않았다.

중년인이 이번에는 추양 쪽을 보며 말했다.

"점소이를 불러주게."

그의 태도가 마음에 안 들었는지 기산오악이 인상을 그었다.

오악 중 하나가 버럭 소리쳤다.

"네깟 놈이 무엇이기에 우리에게 점소이를 불러달라는 것이냐!"

그것을 신호로 모두들 고함을 질러댔다.

"너는 이분이 누군지 알고 주둥이질을 하는 것이냐?"

"당장 꺼지지 않으면 잘게 다져서 개밥으로 던져 주겠다!"

연이어 터져 나오는 오악의 욕설과 고함에 오히려 추양이 인상을 굳혔다.

자중하란 자신의 명을 어긴 것에 대한 분노보다 의구심이 치솟았다.

'이 자식들! 왜 이러지?'

평소의 놈들답지 않았다. 게다가 자신이 보기에 상대는 분명 놈들보다 고수였다.

'이놈들, 상대를 파악하는 눈이 이렇게 낮았던가?'

자신이 알기로 그렇지 않았다. 비록 온갖 더러운 악행으로 악명이 높았지만 그래도 무공만큼은 제대로인 놈들이었다.

"당장 꺼지라고 했다!"

"망할 새끼! 죽인다!"

기산오악이 벌겋게 얼굴까지 달아올라 욕설을 내뱉기 시작했다.

그 순간 추양이 소스라치게 놀랐다.

'헉! 설마?'

추양이 침을 꿀꺽 삼키며 중년 사내를 쳐다보았다.

기산오악이 왜 이러는지 알 것 같았다.

놈들은 극도의 공포심에 휩싸인 것이다. 그것은 상대가 지닌 선천진기 때문이었다. 산에서 호랑이를 만났을 때, 한 발짝도 움직일 수 없는 그 느낌. 상대가 너무 무서워 욕이라도 하지 않으면 버틸 수 없는 극심한 공포심.

추양의 몸이 파르르 떨렸다. 자신이 아무리 살기를 내뿜는다고 한들 기산오악에게 이런 반응을 보이게 만들 수 있을까? 불가능한 일이었다. 그렇다면 답은 나왔다. 상대는 자신보다도 훨씬 고수!

'도대체 누구기에 이런 엄청난 기도를 내뿜는 것이지?'

추양이 떨리는 마음을 감추며 오악에게 눈짓을 보냈다. 전음까지 보내고서야 오악 중 하나가 자리에서 일어났다. 사내가 주방으로 들어갔다. 곧이어 주방에서 숙수와 함께 혈도를 제압당한 채 널브러져 있던 점소이가 두려운 얼굴로 걸어나왔다.

그러자 중년 사내가 반갑게 손짓했다.

"여기 주문받으시게."

"아, 네, 네."

머뭇거리며 점소이가 중년 사내에게로 다가갔다.

"소금으로만 간을 한 소고기 요리를 가져오고, 술도 한 병가져오게."

"알겠습니다."

점소이가 추양을 돌아보았다. 추양이 고개를 끄덕여 시키는 대로 해주란 신호를 보냈다.

점소이가 주방 안으로 사라지자 추양이 입을 열었다.

"멀리서 오신 길인가 보오."

탐색전이었다. 중년 사내가 고개를 한 번 까닥거렸다.

다시 기산오악이 욕설을 퍼부으려는 것을 추양이 인상을 쓰며 제지했다.

사내가 반응을 해준다는 것은 나쁘지 않은 징후. 자신을 노리고 들어온 게 아니라면 좋게 헤어지는 것이 상책이었다.

"어디로 가시는 길이오?"

"가족을 만나러 가네."

"어떤 사연인지 물어봐도 되겠소?"

"동생을 보러 가네. 아주 오랫동안 만나지 못했지."

순순히 대답한 중년인이 이번에는 질문을 했다.

"자넨 가족이 있나?"

"없소."

추양이 딱 잘라 말하자 중년인이 안타깝다는 듯 고개를 내저었다.

"가여운 신세군."

가엽단 말에 추양이 발끈했지만 굳이 상대를 자극하고 싶지 않았다.

추양이 조용히 일어났다.

"그럼 우린 갈 길이 바빠서 먼저 가보겠소. 이만 가자!"

사내들이 무영을 억지로 일으켰다.

그때였다. 중년 사내가 다시 입을 열었다.

"자네는 가족이 있나?"

질문의 대상은 무영이었다. 추양의 눈이 가늘어졌다.

'무슨 수작을 부리려는 거지?'

무영이 차분히 대답했다.

"가족만큼 소중한 분들이 있소."

"다행한 일이군. 그 이야기를 들어보고 싶군."

중년 사내가 추양에게 명령조로 말했다.

"그 친구는 두고 가게."

순간 추양의 눈이 가늘어지며 파르르 떨렸다. 가슴속에서
열기가 솟구쳐 올랐다. 아무리 상대의 기도가 보통이 아니라
지만 자신은 염마 추양이었다.

"저깟 놈 해치워 버리십시오!"

오악 중 하나가 고함을 질렀다.

빠악!

추양이 사정없이 사내의 얼굴을 후려쳤다.

"닥쳐! 새끼야!"

바닥을 몇 바퀴 뒹군 사내가 벌떡 자리에서 일어났다.

지그시 사내를 노려보던 추양이 무영에게로 시선을 돌렸다.

"운이 좋군. 다음에도 운을 바라진 마라."

추양이 객잔 밖으로 걸어나갔다. 그 뒤를 오악이 뒤따랐다.

하지만 추양에게 다음이란 없었다. 그에겐 단지 내세의 삶

만이 있을 뿐이었다.

쉭! 쉭쉭쉭!

"크아악!"

칼바람 소리와 함께 비명 소리가 연이어 터져 나왔다. 먼저 들려온 것은 오악의 비명 소리였다. 동시에 기습을 당한 것인지, 아니면 고수 하나가 그들을 연이어 베는 것인지 알 수 없었다.

기산오악은 적어도 자신과 견줄 만한 고수들이었다. 설사 기습이라 해도 이렇게 빠르게 해치우다니?

그에 비해 중년 사내는 그저 말없이 술잔만 기울일 뿐이었다.

"죽어!"

이번에는 추양의 외침 소리가 들렸다.

후웅! 후우웅!

'일초식, 이초식, 삼초식……'

무영이 마음속으로 초식을 세었다.

열세 초식을 세었을 때, 갑자기 밖이 조용해졌다.

곧이어 객잔 입구의 주렴이 열리며 추양이 비틀거리며 안으로 걸어 들어왔다. 몇 걸음 옮긴 추양이 그대로 바닥에 쓰러졌다. 추양을 중심으로 커다란 피웅덩이가 만들어졌다.

무영은 가슴이 서늘해졌다.

상대는 염마 추양이었다. 바깥의 누군가가 그를 단 십삼 초식 만에 베어버린 것이다.

객잔의 주렴이 열리며 사내들이 안으로 들어섰다.

단정한 청의무복에 죽립을 눌러쓴 사내들이었는데, 과연 그들의 기도가 보통이 아니었다. 날카로우면서도 단단한 기도. 고수란 말만으로는 부족했다. 느낌상 그들은 실전으로 다져진 고수들이었다. 그리고 왠지 낯익은 느낌이 들었다.

십여 명의 사내들이 객잔 사방으로 흩어져 시립해 섰다.

뒤이어 중년 사내 하나가 걸어 들어왔다.

무영은 한눈에 그가 추양을 베어버린 사내란 것을 알아차렸다. 사내는 앞서 들어온 십여 명의 사내들의 수장이 틀림없었다.

청의사내가 술을 마시고 있던 잿빛장삼 사내에게 다가왔다. 그에게 들리지 않는 목소리로 뭔가를 보고했다. 장삼사내가 고개를 끄덕였다.

추양을 벤 청의사내가 이번에는 무영에게로 시선을 돌렸다.

"무영."

무영이 깜짝 놀랐다.

'나를 알아?'

상대는 비연회가 아니었다.

청의사내가 천천히 죽립을 벗었다. 남자답게 생긴 선 굵은 오십대의 사내였다.

어딘지 모르게 낯익은 얼굴이었다. 무영이 기억 속을 헤매었다. 긴 세월을 훌쩍 넘어 이십 년 전 어느 날에 도착했을 때 무영의 전신이 떨려왔다.

"설마? 선배님?"

"그래. 나다."

상대는 천마신교 적호단 선배였던 범강(范江)이었다.

"이제 단주직을 맡고 있다."

그 말은 곧 그가 적호단의 단주란 뜻이었다. 적호단은 천마와 그 가족들을 호위하는 단체. 순간 무영의 머리를 강타하는 한 가지 생각. 단주가 직접 움직이는 경우는 하나였다.

'그렇다면?'

무영의 시선이 천천히 장삼인에게로 향했다.

이윽고 중년인이 방갓을 벗었다. 드러나는 얼굴은 바로 교주 유진천의 아들인 유설찬이었다.

'맙소사! 소교주님이셨어.'

무영이 그대로 허물어지듯 부복했다.

"신교불패 천마불사!"

얼마나 오랜만에 외쳐 보는 말이던가? 울컥 감격이 치밀어 올랐다.

유설찬이 다정한 미소를 지었다.

"그만 일어나게."

무영이 벌떡 자리에서 일어났다. 너무 떨려서 머릿속이 하얘졌다. 우연히 만난 것이 아니었다. 적호단이 하는 일에 우연

따윈 없다. 분명 자신을 찾아온 것이다.

"날 기억하는가?"

"물론입니다."

무영 역시 예전에는 교주와 교주 가족을 호위하는 적호단이었다. 어찌 잊을 수 있겠는가?

이십 년 만에 보는 소교주였다. 눈가에 없던 주름이 생겼지만 예전 얼굴이 그대로 남아 있었다.

"그간 수고했네."

"마땅히 해야 할 일입니다. 그리고… 죽을죄를 지었습니다."

유설찬은 그것이 무엇을 말하는지 알아들은 듯 보였다. 그가 범강을 보며 말했다.

"이 친구, 아직도 적호단에 적을 두고 있나?"

무영의 심장이 두근거렸다. 대답이 들리던 그 짧은 순간이 마치 억겁처럼 길게 느껴졌다.

범강이 담담히 말했다.

"그는 여전히 저희 적호단 소속입니다."

"아아!"

무영이 기쁨의 한숨을 내쉬었다. 적호단은 아직 자신을 잊지 않고 있었던 것이다. 탈영을 해서 유설하를 따라나섰지만 그들은 자신을 버리지 않았다.

감격에 찬 무영을 보며 유설찬이 손짓해 불렀다.

"잠시 이리 앉게."

"받들 수 없는 명이십니다. 거두어주십시오."

"괜찮아. 이리 오게."

무영이 조심스럽게 유설찬의 앞자리에 앉았다.

유설찬이 무영에게 잔을 건넨 후 술을 채워주었다. 무영이
공손히 술을 받았다.

"자, 한 잔 들지."

"네."

무영이 공손히 술잔을 비웠다.

"간간이 소식은 듣고 있었지."

말과는 달리 훨씬 체계적이고 조직적으로 정보를 듣고 있었
을 것이다. 어쩌면 그간 자신의 행적 역시 상세히 알고 있을
것이다.

"이건이라고 했나?"

"네."

"어떤 아인가?"

"아주 훌륭하게 잘 자라셨습니다."

"그래? 그렇겠지. 동생이 잘 키웠겠지?"

유설하에 대한 그리움이 가득 느껴졌다.

"아가씨께서도 언제나 소교주님을 그리워하셨습니다."

"하하. 남편하고 깨 볶느라 내 생각을 했을까?"

유설찬이 흐뭇한 미소를 지었다. 유설찬은 담백한 느낌을
주고 있었다.

하지만 무영은 안다. 이 차분하고 여유로움은 극강에서 나온다는 것을. 이십 년이 지났으니 이제 구화마공을 대성했을 것이다. 과연 유설찬은 오늘 당장 교주 자리를 이어받아도 전혀 문제가 없을 것 같은 기도였다.

"동생과 조카가 보고 싶어서 이렇게 먼저 내려왔네."

"아가씨께서 크게 기뻐하실 겁니다."

"그 세월이 벌써 이십 년이네."

유설찬이 술잔을 내려놓으며 나직이 말했다.

"이젠 더 이상 기다리지 않겠네."

*　　　*　　　*

오늘도 여전히 동호의 밤은 화려했다.

뱃놀이를 나온 사람들은 술에 취하고 달빛에 취하고 지인들과의 이야기에 취했다. 더없이 평화롭고 기분 좋은 밤이었다.

북적이던 그곳으로 작은 배 한 척이 유유히 흘러갔다.

배에서 홀로 술을 마시는 사내는 중년의 사내였다. 배가 어디로 흘러가든 사내는 상관하지 않는다는 듯 그는 그저 술잔만 기울이고 있었다. 날카로운 눈매의 그 사내는 바로 비연회의 부회주였다.

"술맛이 좋군."

혼잣말을 하며 그가 술잔을 비웠다. 내력으로 취기를 몰아내지 않은 탓에 그의 얼굴은 붉게 홍조를 띠고 있었다.

또 다른 배가 그쪽으로 다가왔다.

노를 젓는 것이 아니었는데 그 배는 부회주의 배로 정확히 다가오고 있었다.

배에 탄 사람은 일전에 연십사를 구하러 왔던 바로 연삼이었다. 달빛 아래 인피면구는 여전히 차갑게 보였다.

두 사람이 탄 배가 나란히 사람들과 떨어진 곳으로 흘러갔다.

부회주의 술잔이 천천히 허공을 가로질러 연삼에게로 날아갔다. 술잔을 비운 후 연삼이 다시 술을 채웠다. 술잔이 다시 천천히 허공을 가로질러 부회주에게로 갔다. 일반 무인들이 봤다면 감탄하며 고함을 질렀겠지만 두 사람의 무공에 있어 그건 재주거리도 아니었다.

이윽고 부회주가 먼저 입을 열었다.

"지난번 일은 유감이었소."

연십사가 적이건에게 인질로 잡혔던 그 일을 의미했다.

연삼은 아무 말도 하지 않았다. 그로 인해 비연회 내에서 자신의 입지가 좁아졌음을 그는 확실히 느꼈다.

물론 그렇다고 지금 당장 변하는 것은 없었다. 지금 당장은 자신이 필요했으니까. 문제는 미래였다. 언젠가 비연회가 천하를 제패한 후 논공행상(論功行賞)을 벌일 때, 그때 자신의 발목을 잡을 것이다.

"만회를 하셔야죠?"

연삼이 묵묵히 고개를 끄덕였다. 자신의 실수는 변명의 여지가 없는 것이었다.

"하지만 덕분에 좋은 정보도 알게 되었지요."

부회주가 의미심장한 눈빛을 보냈다.

"적이건이라고 했던가요?"

그러자 연삼이 고개를 끄덕이며 대답했다.

"회주와 관련이 깊다 들었소."

부회주의 입매가 살짝 비틀어졌다. 자신의 직감상 관련이 깊은 정도가 아니었다. 회주와 매우 중요한 관련이 있는 인물이었다.

회주가 언젠가 자신을 제거하리란 것은 이미 짐작하고 있었다.

자신 역시 굳이 자신의 야망을 회주에게 숨기지 않았다. 자신이 아는 회주는 사람을 꿰뚫어 보는 통찰력이 있었다. 자신이 야망을 숨긴다면 아마도 회주의 성격상 자신은 더 빨리 제거될 것이다.

이것은 일종의 내기이자 시합이었다. 목숨을 건 내기. 이기는 쪽은 엄청난 부와 권력과 명예를 얻게 될 것이다.

연삼은 부회주의 야망에 대해 가장 잘 알고 있는 인물 중 하나였다. 그리고 그는 부회주의 야망이 끝내 결실을 이룰 것이라 믿는 쪽이었다. 어느 쪽 줄을 타느냐에 따라 생사가 갈릴 것이다.

부회주가 담담히 말했다.

"연육에게서 소식이 끊어졌소."

부회주의 말에 연삼이 피식 웃었다. 그 웃음은 마치 설마 연육과 자신을 비교하는 것이냐는 그런 감정이 담겨 있었다.

무영을 데려오라고 명령을 내린 것은 바로 부회주였다. 그는 적이건에 대해 좀 더 알고 싶었다. 하지만 쉬운 임무라 생각했던 그 일은 연육과 연락이 끊어지는 것으로 결론이 났다.

비록 연삼은 그를 무시할 만했지만, 강호에서 염마 추양은 길 가다 우연찮은 싸움에 말려 비명횡사할 그런 삼류가 아니었다.

'뭔가 적이건과 관련된 비밀이 있어.'

부회주는 확신했다. 그는 적이건을 통해 비연회주의 약점을 확실히 틀어쥘 수 있기를 기대했다.

"적이건, 그 아이를 데려오시오."

"알겠소."

다시 부회주의 잔이 연삼에게로 날아갔다.

시원스레 잔을 비운 연삼의 배가 서서히 부회주에게서 멀어졌다.

그가 사라지고도 한참 동안이나 부회주는 술을 마셨고, 술이 동날 때 즈음의 달빛은 너무나 아름다웠다.

*   *   *

"부회주가 그들을 들쑤시고 있네."

연사의 보고에 화장을 하던 비연회주의 손이 잠시 멈췄다 다시 움직였다.

연사가 걱정스럽게 말했다.

"부회주가 뭔가를 눈치 챈 듯하네."

"그렇겠지요. 눈치가 빠른 사람이니까요."

"자넨 걱정되지 않나?"

그러자 비연회주가 미소를 지었다. 작고 도톰한 입술이 붉게 물들었다.

회주의 태평한 모습에 연사가 한숨을 내쉬었다.

비연회주가 어떤 생각을 하고 있는지 짐작이 가지 않았다. 지켜줘야 할 사람의 생각을 알지 못하면 제대로 지켜줄 수가 없는 법이다.

"이미 연육이 움직였고 뒤이어 연삼이 부회주의 명을 받고 떠났다는 정보가 있네."

"그들이야 부회주의 충신들이지요."

여전히 태평스런 비연회주였다.

그에 비해 연사는 어떻게든 비연회주에게 이번 일의 심각성을 알리고자 노력했다.

"그들이 무한에 와 있다네."

비연회주의 손길이 다시 잠시 멈췄다.

"…저도 들었어요."

"이십 년 동안 숨어 살았다더군."

"과일상을 했다지요?"

비연회주의 목소리에 왠지 모를 짜증과 분노가 느껴졌다.

"걱정되지 않나?"

동경을 향했던 비연회주의 시선이 연사에게로 향했다.

"뭐가 말이죠?"

연사의 주름살이 더욱 깊어졌다. 잠시 대답을 망설이던 연사가 결국 입을 열었다.

"부회주가 자네의 과거를 밝혀내는 것이."

화를 낼 줄 알았는데 비연회주는 웃었다.

"어차피 부회주는 밝혀낼 거예요. 아시잖아요? 그 사람의 집착이 얼마나 강한지."

연사가 고개를 끄덕였다.

부회주가 무서운 것은 그의 무공이 아니었다. 뭐라 표현하기 힘든 그의 지독한 심성. 만 장의 절벽에 던져 버려도 이를 악물고 기어올라 올 것 같은 그런 느낌. 그것이 바로 부회주의 무서운 점이었다.

이윽고 비연회주가 화장을 모두 마쳤다.

화사한 미소를 지으며 그녀가 말했다.

"부회주는 그의 상대가 되지 못해요."

"하지만… 그는 이십 년이나 강호를 떠나 있었네."

"이십 년이 아니라 이백 년을 떠나 있었어도 그건 변하지 않는 사실이에요. 애초에 그릇 자체가 다르니까요."

비연회주가 자리에서 일어났다.

그녀가 방을 나서서 복도를 걸어갔다. 연사가 말없이 그녀를 따라갔다.

지하로 내려가는 계단을 내려가는 비연회주는 콧노래를 불렀다.

그녀의 흥얼거림은 연사의 마음을 무겁게 했다.

계단을 내려가면 내려갈수록 분위기는 스산해졌다. 비릿한 피냄음이 짙어질수록 비연회주의 흥얼거림은 더욱 흥겨워졌다.

끼이익.

지하 밀실의 거대한 철문이 듣기 싫은 금속성으로 그 은밀한 폐쇄성을 드러냈다.

방 안의 광경은 참혹했다.

세 명의 사내가 벽에 매달려 있었다.

능숙한 도살자의 칼에 그들의 살갗은 완전히 벗겨져 있었고 그 시뻘건 속살이 악귀의 혓바닥처럼 드러나 있었다. 피범벅이 된 그들은 몇 살인지, 어떻게 생겼는지 알아볼 수 없었다. 나직한 신음 소리로 단지 그들이 살아 있다는 사실만을 알아볼 수 있었다.

비연회주가 안으로 들어오자 이제 겨우 목숨만 붙어 있던 그들이 공포에 질려 몸서리쳤다. 앞으로 닥쳐올 고통을 예감

하며 그들이 짐승처럼 울부짖었다.

"으으으으."

사내들은 혀가 없었다. 혀가 없었지만 그들이 무슨 말을 하는지 알 수 있었다.

제발 살려줘.

혹은 제발 죽여줘.

간절한 그들의 눈빛을 보며 비연회주가 피식 웃었다.

"그날 우리 가족도 그렇게 빌었지."

머리를 치렁치렁 늘어뜨린 도살자가 그녀에게 소금을 가져다주었다. 비연회주가 마치 나들이하는 가벼운 발걸음으로 다가가 살갗이 완전 벗겨진 그들의 몸에 소금을 뿌렸다.

"으아아아아악!"

사내들이 비명을 지르며 몸서리쳤다.

비연회주가 한옆에 놓인 채찍을 감아쥐었다.

짜악! 쫘아악!

사방으로 피가 튀었다.

연사가 한숨을 쉬며 시선을 돌렸다.

마치 정해진 하루 일과를 행하는 것처럼 비연회주는 정해진 숫자만큼 채찍질을 가했다.

도살자가 다가가 사내들의 몸에 약을 바르기 시작했다. 죽고 싶어도 죽을 수 없는 그들이었다.

비연회주가 얼굴에 튄 피를 닦으며 나직이 말했다.

"화장을 다시 해야겠군요."

비연회주가 다시 계단을 타고 걸어 올라왔다.

위로 올라올 때까지 비연회주도, 그 뒤를 말없이 따르던 연사도 아무 말도 하지 않았다.

그녀의 원한과 분노는 이십 년이 지났지만 조금도 사그라들지 않았다. 아니, 해가 지날수록 강해지고 있었다. 분노가 강해질수록 그녀는 더욱 침착해졌다.

연사는 두려웠다. 이 모든 끝에 무엇이 자신들을 기다리고 있을지.

좋은 결과 따윈 기대하지 않았다.

되돌아갈 수 없는 길을 갈 때는 오히려 마음이 편해진다.

이제… 그 끝에 무엇이 기다리든, 끝까지 갈 수 있기를 바랄 뿐이다.

다시 지상으로 올라왔을 때, 연사가 차분히 말했다.

"부회주는 그의 자식을 이용할지도 모르네."

그러자 비연회주가 과장되게 깜짝 놀랐다.

"어머, 어쩌죠?"

영문을 몰라 하는 연사에게 비연회주가 환하게 웃었다.

"저도 같은 생각이거든요."

입은 웃고 있었지만 눈빛은 더없이 차가운 그런 웃음이었다.

"그래서 연삼보다 열 배는 더 무서운 사람을 보냈답니다."

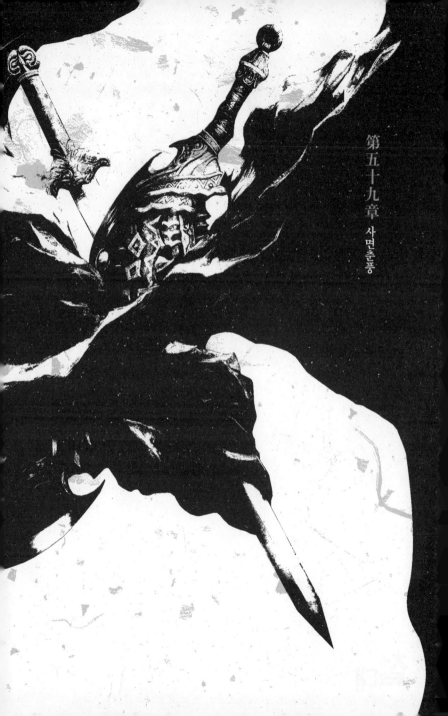

第五十九章 사면준풍

絶代
君臨
절대군림

차련이 아침 세안을 마치고 이제 막 옷을 갈아입었을 때였다.

　"아가씨, 누가 찾아오셨어요."

　향이의 상기된 표정에서 방문자가 예사롭지 않다는 것을 느꼈다. 과연 찾아온 사람은 전혀 예상 밖의 사람이었다. 방문자는 바로 설벽화였다.

　"오랜만이군요."

　"네."

　왠지 예전에 봤을 때보다 다른 분위기가 났다. 잠을 잘 못 잤는지 얼굴도 초췌해 보였다.

그녀가 자신을 찾아올 일은 한 가지뿐이다.

"식사는 하셨어요?"

차련의 물음에 설벽화가 고개를 가로저었다.

"별로 생각이 없네요."

"저는 배가 고픈데. 잠시 기다려 주시겠어요?"

차련의 말에 설벽화가 살짝 인상을 찌푸렸다.

"당신의 그 자신감은 어디서 나오는 건지 궁금하군요."

오히려 차련이 묻고 싶은 말이었다.

자신이 함께 굶는 것이 당연하다고 생각하다니!

내가 네 시녀야?

그녀에게 조금 주눅이 드는 것은 사실이다. 녹수산장이라는 배경은 이 강호에 확실히 대단한 것이었으니까.

장심방과 북천패가를 통해 충분히 확인한 바였다. 힘있는 자를 건드리면 어떤 결과를 낳는지.

물론 설벽화의 아버지는 강호에 이름난 협객이다. 장대산이나 임천세와는 차원이 다른 사람이지만 그래도 본능적으로 긴장이 되는 것은 어쩔 수 없었다.

"함께 조금이라도 들죠. 아침 거르면 피부가 안 좋아져요."

차련의 말에 설벽화가 코웃음을 쳤다.

차련이 향이를 불렀다. 설벽화 몫까지 아침을 부탁했다. 눈치 빠른 향이는 설벽화가 마음이 안 들었는지 설벽화 뒤에서 혀를 쏙 내밀었다.

차련이 모른 척 고개를 돌렸다.

설벽화가 차분히 말했다.

"아버님께서 고초를 겪으셨다고 들었어요. 누명을 벗으셔서 다행이에요."

"감사해요."

이럴 때 보면 설벽화도 꽤 괜찮은 구석이 있다는 생각이 들었다.

그녀가 도도한 것도 어찌 보면 당연한 일이다. 도도할 만한 집안에서, 저토록 아름답게 태어났으니.

아, 외모는 빼야겠다. 난 예뻐도 겸손하잖아?

생각이 거기에 미치자 차련이 참지 못하고 피식 웃었다.

설벽화가 왜 웃냐고 표정으로 물었다.

"아니에요."

그러자 설벽화가 인상을 굳혔다. 혹시 자신을 조롱한 것처럼 느낀 모양이었다.

별거 아니니까, 그러지 마. 왜 아침부터 찾아와 신경 쓰이게 하는 거야?

차련이 내심 한숨을 내쉬었다.

두 여인 사이에 금방 냉기류가 흘렀다.

하긴, 너하고 친하면 그게 더 이상하겠지.

자신을 찾아올 정도면 적이건에 대한 설벽화의 마음이 많이 기운 것이리라.

어색하게 마주 앉아 있는데 마침 향이가 아침식사를 가져왔다.

"드세요."

차련이 먼저 젓가락질을 시작했다.

설벽화는 젓가락을 한 번 들더니 이내 제자리에 내려놓았다.

밥 생각이 전혀 없었다. 그녀가 오늘 차련을 찾아온 것은 사실 아버지 때문이었다.

지난 십여 일을 방 안에만 틀어박혀 지냈다. 제대로 먹지 않았고, 씻지도 않고 잠만 잤다.

처음 적이건을 만났을 때만 해도 그를 좋아하게 될 줄은 정말 상상도 하지 못했던 일이었다. 하지만 자꾸 그가 생각이 났다. 더 잘생긴 사내를 봐도, 더 훌륭한 조건의 사내를 봐도 눈에 차지 않았다. 아무것도 하기 싫고 만사가 짜증만 났다.

그저 가볍고 말만 앞서는 애송이일 뿐이야!

아무리 적이건을 부정해도 그럴수록 더욱 그가 그리워졌다.

그렇게 폐인처럼 방구석에 틀어박혀 지냈는데 오늘 아침 일찍 설군명이 그녀의 방을 찾아왔다.

설벽화는 자신을 바라보는 아버지의 눈빛에서 아버지가 적이건에 대한 자신의 마음을 눈치 챘다는 것을 깨달았다. 하긴 이렇게 표를 내는데 모르시길 바라다니.

아버지는 한 말씀만 하고 나가셨다.

"내 딸이 비겁한 것을 더 두고 볼 수가 없구나. 직접 가서 부딪쳐 해결하거라!"

담담한 어조로 하신 말씀이지만 설벽화는 아버지가 화가 많이 나셨다는 것을 느꼈다.

그동안 나름 잘해왔었다. 강호팔미가 되었을 때 아버지는 매우 자랑스러워하셨다. 당신 같은 얼굴에서 이런 예쁜 딸이 나온 것이 기적이라며 껄껄 웃으셨다. 이후에도 아버지의 뜻을 잘 따르며 생활해 왔다. 나름 부끄럽지 않은 딸이라 자부했는데 오늘 처음으로 부끄럽다는 생각이 들었다.

그래서 나선 길이었다. 원래는 적이건을 바로 찾아가려 했다.

하지만 적이건을 보기 전에 차련을 한 번 보고 싶었다.

"아직도 그 남자 좋아해요?"

설벽화의 물음에 차련의 젓가락질이 잠시 멈췄다.

밥을 먹으면서도 이것저것 생각이 많았던 차련이었다.

더 못 먹겠군.

차련이 젓가락을 내려놓았다. 차련이 설벽화에게 물었다.

"안 드실 거죠?"

설벽화가 고개를 끄덕였다.

차련이 향이를 불러 식기를 내가게 했다. 차련의 행동은 더없이 자연스러웠다.

'뭔가 달라졌어.'

설벽화는 차련에게서 어떤 여유를 느꼈다. 설벽화는 알지 못할 일이지만 그 변화는 적사검법의 대성으로 인한 변화이기도 했고, 적이건과 혼인을 하겠다고 마음을 먹은 후의 변화기도 했다.

차련이 차를 따라주며 말했다.

"네. 아직도 그를 좋아해요. 그때보다 더 좋아해요."

설벽화가 씁쓸한 미소를 지었다.

"사람의 마음은 알 수 없는 것이지요. 좋다가도 싫어지고, 싫다가도 좋아지고."

차련이 미소를 지었다.

그래서 싫어질 수도 있다고? 빙빙 말 돌리지 말고 솔직히 말해. 헤어져 달라고! 적이건과 사귀고 싶은데 내가 방해된다고!

설벽화가 자리에서 일어나 방문을 열었다. 한참 두 사람의 대화를 엿듣고 있던 향이가 머쓱하게 고개를 숙였다.

"적 소협을 불러주세요."

향이가 차련을 쳐다보았다. 차련이 고개를 끄덕여 해달라는 대로 해주란 신호를 보냈다.

삼자대면을 하자 이거지?

한편으로 조금 불안한 마음도 들었다.

잠시 후 적이건이 방으로 들어왔다.

"어? 설 소저, 오랜만이야."

설벽화를 보자 적이건이 마치 친한 친구 대하듯 대수롭지 않게 인사했다.

오랜만에 보는 적이건의 모습에 설벽화는 가슴이 두근거렸다.

홍조 띤 설벽화의 볼을 보며 차련이 고개를 내저었다.

난리났군.

솔직히 지금 차련의 심정은 적이건이 어떻게 나올까 궁금했다.

적이건이 차련과 설벽화를 번갈아 보며 물었다.

"둘이 친한가 봐?"

그럴 리가!

차련이 어이없는 표정을 지었다. 능청스러운 녀석!

설벽화가 적이건을 빤히 쳐다보며 말했다.

"적 소협에게 할 말이 있어요."

"뭔데?"

"나… 나……."

뭐야? 나 있는 데서 고백하려는 거야? 정신 차려, 이 여자야! 당신 강호팔미 설벽화야!

설벽화가 눈을 질끈 감고 말했다.

"나 당신 좋아해!"

아마 설벽화 인생에서 가장 큰 용기를 낸 순간이었으리라.

그에 비해 저 녀석!

"헤헤헤헤."

입이 찢어지는구나. 하긴 좋기도 하겠다.

적이건이 좋아하는 모습을 보자 설벽화가 조금 용기를 얻었다.

"당신은 날 어떻게 생각해?"

"나도 좋아해."

얼씨구.

적이건이 슬쩍 차련을 쳐다보았다. 마치 자신의 눈치를 살피는 것처럼 보여 일부러 사나운 눈빛으로 쏘아붙였다.

이번에는 적이건이 설벽화를 쳐다보았다. 설벽화가 부끄럽게 고개를 숙였다.

아, 내숭까지.

설벽화가 계속 밀어붙이기 시작했다.

"적어도 정 소저보다는 내가 당신에게 도움이 될 거야."

차련은 그런 설벽화의 말에 화가 나지 않았다.

지금 그녀의 관심은 적이건의 반응이었다. 앞으로 설벽화와 같은 여인은 얼마든지 등장할 수 있다. 그때마다 질투를 하며 신경을 쓸 수는 없다. 모든 것은 적이건에게 달렸고, 만날 붙어 다닐 수 없다면 결국은 그에 대한 믿음에 달렸다.

"헤헤. 어떻게 도움이 된다는 거지?"

저 녀석을 믿을 수 있을까?

적이건이 호기심 어린 눈빛을 반짝이자 설벽화가 더욱 용기를 얻었다.

사실 자신 정도면 훌륭하지 않은가? 강호팔미 중에서도 으뜸가는 외모에 녹수산장의 외동딸. 어쩌면 자신의 질투를 유발하려고 일부러 차련을 좋아하는 척했을지도 모른다는 생각이 들었다.

설벽화가 도도하게 말했다.

"창천문을 열었다고 들었어."

"그랬지."

"앞으로 녹수산장이 도울 일이 많을 거야."

차련의 역린이었다. 정검문은 적이건에게 도움을 주기는커녕 계속 도움을 받고 있다.

차련은 자존심이 상했다. 자존심이 상하니까 할 필요가 없는 생각까지 들었다. 이 강호는 가진 자들의 편이다. 적수공권(赤手空拳)의 영웅은 그 변하지 않는 원칙과의 싸움에서 기적적으로 이겼을 경우다. 그리고 영웅은 가진 자가 되고 결국은 스스로 그 제도권이 되고 만다.

차련의 입장에선 적이건 역시 가진 자였다.

예사롭지 않은 부모님에 막대한 돈까지. 그가 어떤 생각을 하고 있든 그건 변하지 않는 사실이었다.

그래서 한마디 툭 내뱉었다. 내뱉고 후회할 말인 줄 알았지만 성질을 이기지 못했다.

"둘이서 잘해보면 되겠네."

망할 자격지심.

적이건이 씩 웃으며 말했다.

"후회할 소리 마!"

이래서 적이건이 좋다. 조금 실수를 해도 그는 이렇게 좋게 받아준다.

차련이 이제 어떻게 할 거냐는 눈빛으로 적이건을 쳐다보았다.

적이건이 설벽화에게 물었다.

"외박해도 돼?"

그 말에 깜짝 놀란 설벽화의 얼굴이 붉어졌다.

"지, 지금 무슨 소릴 하는 거야?"

"외박해도 되냐고?"

참다못한 차련이 버럭 소리쳤다.

"무슨 헛소리야!"

그러자 적이건이 두 여인을 번갈아 보며 말했다.

"지금 무슨 생각들 하는 거야? 멀리 갈 데가 있어서 그래. 오늘 못 돌아올 것 같아서."

"아!"

차련과 설벽화가 머쓱한 표정을 지었다. 공연히 얼굴이 붉어졌다.

적이건이 자리에서 벌떡 일어났다.

"나 준비할 동안… 둘 다 허락부터 받아!"

뭘 또 준비해? 불안하다, 불안해!

*   *   *

설벽화는 순순히 적이건을 따라나섰다.

그녀는 호위무사인 심인까지 떼어놓고 적이건을 따라나섰다. 심인은 절대 그럴 수 없다고 했지만 자신의 인생에서 가장 중요한 일이란 설벽화의 설득에 결국 호위를 포기했다.

설군명에게 적이건에 대해 말해준 사람도 바로 심인이었다. 그는 설벽화가 지금 얼마나 방황하고 있는지 잘 알았다. 그녀에게 필요한 것은 호위가 아니라 이 상황을 이겨낼 용기였다. 조심해서 다녀오란 말을 남기고 심인이 돌아갔다.

차련도 향이를 통해 멀리 다녀올 것이라 가족에게 알렸다.

적이건과 둘이 어딜 가는 것이 아니냐며 향이가 호들갑을 떨었다. 뭐라 말해주면 자의적 해석에 확대해석까지 할 향이였기에 차련은 아무 변명도 하지 않았다.

그사이 적이건은 어딘가에 다녀왔는데 커다란 가죽 주머니를 짊어지고 왔다.

"도대체 어디 가려고?"

물론 적이건은 대답해 주지 않았다.

창천문을 나선 세 사람은 말을 빌려 한 시진 이상을 쉬지 않고 달렸다.

말에서 내리자 이번에는 고된 산행이 시작되었다.

차련은 왠지 이 산길이 낯익은 느낌이 들었다. 하지만 정확히 언제 봤는지는 기억이 나지 않았다.

설벽화는 힘들어하면서도 곧잘 따라왔다. 내공을 익힌 강호인이지만 험난한 산행을 하는 것은 상당한 체력을 요하는 일이었다.

어찌나 멀고 힘든지 절로 욕이 나올 정도였다. 그렇게 몇 번이나 쉬어가며 밤이 늦어서야 목적지에 도착했다.

목적지에 도착하고 나서야 차련은 그곳이 어딘지 알 수 있었다.

"아, 여긴?"

예전에 팔방추괴를 찾아가던 그 길, 바로 생사교가 있던 그 만장절벽이었다.

어찌 된 일인지 생사교는 이미 끊어지고 없었다.

차련이 의아한 얼굴로 물었다.

"그 절에 또 가려고?"

이미 팔방추괴까지 떠난 사찰이었다. 거기 갈 이유가 없었다.

적이건이 고개를 내저었다.

"목적지는 바로 여기야."

그러면서 끊어진 다리 앞 공터에 주저앉았다.

차련과 설벽화가 황당하다는 표정으로 서로를 쳐다보았다.

"일단 좀 앉지!"

에라, 모르겠다.

차련이 적이건 앞에 주저앉았다. 잠시 망설이던 설벽화도 그 옆에 앉았다.

적이건이 가죽 주머니에서 뭔가를 주섬주섬 꺼냈다.

놀랍게도 그것은 술과 몇 가지 마른안주거리였다.

"술 먹자고?"

어이없는 차련과 설벽화에게 적이건이 고개를 끄덕였다.

"고작 술 먹자고 이 높은 곳까지 올라온 거야?"

"고작이라니!"

차련의 아미가 위로 치솟았다.

"잠시 저길 봐."

적이건이 하늘을 올라다보았다. 하늘에는 환한 보름달이 떠 있었다. 높은 곳에 올라와서인지 달은 더욱 크고 밝았다.

"아!"

절로 탄성이 나오는 그 은은한 느낌이 너무 좋아 발끈했던 마음이 순식간에 풀어졌다.

"이런 곳에서 술 한잔할 기회가 자주 있겠어?"

아무리 그래도 그렇지.

적이건이 두 사람에게 술을 채웠다.

그래도 흥취는 있었다. 높은 곳에 올라와 본 사람만 알 수 있는 그런 성취감까지 더해져 나름 분위기가 있었다.

"우리 청춘을 위해 한 잔!"

적이건의 선창에 세 사람이 잔을 부딪쳤다.

차련도 설벽화도 모두 잔을 비웠다. 이래저래 마음이 복잡한 탓이었다.

청춘을 위해서. 그리고 보니 우린 아직 참 젊구나.

적이건이 먼저 입을 열었다.

"솔직히 고백하자면 이삼 년 전만 해도 난 혼인을 하지 않을 작정이었어."

의외의 말이었다. 청혼을 받은 입장에서 차련이 조금 긴장했다.

적이건의 얼굴이나 말에서는 장난기를 찾아볼 수 없었다. 솔직담백하게 자신의 마음을 밝히려는 것이 느껴졌다.

적이건이 다시 모두의 술잔을 채우며 말을 이었다.

"혼인을 한다는 것은 자유를 포기한다는 뜻이잖아?"

"그건 여자도 마찬가지야."

차련의 말에 적이건이 순순히 인정했다.

"그래. 그렇겠지."

다시 적이건이 술잔을 비웠다.

"어려서부터 여기저기 많이 돌아다녔지. 그래서 더 그랬는지도 모르겠어."

차련은 그 말에 공감이 가지 않았다.

"그 때문은 아니라고 생각해. 오히려 밖을 돌아다니다 보면
가정을 꾸리고 싶다는 생각이 들 수도 있잖아."

"동감이에요."

설벽화의 지원에 차련이 웃으며 말했다.

"바람둥이라서 그런 거겠죠."

설벽화가 웃었다. 차련과 설벽화 역시 어차피 이번 일은 전
적으로 적이건의 마음에 달려 있다는 것을 알고 있었다. 둘이
감정싸움 해봤자 스스로 구차해질 뿐이었다.

게다가 산 정상의 이 시원하고 아름다운 절경 때문이었을
까? 서로에 대한 악감정은 많이 누그러들었다.

차련이 다시 술잔을 비웠다.

시원해서인지 술이 덜 취하는 것 같았다. 물론 마음속으로
조심하고 있었다. 술 취해 주정을 부린 날을 생각하면 지금도
심장이 철렁했다.

그런데 왜 마음을 바꿨지?

차련은 묻고 싶었지만 설벽화를 생각해서 묻지 않았다. 그
녀는 적이건이 자신에게 청혼한 것을 모르고 있었다. 아마 알
게 된다면 큰 충격을 받게 될 것이다.

사람에 대한 배려? 그건 정말 쉬운 일이다.

배려를 가장 잘하는 방법은 간단하다.

입장 바꿔 생각하기.

차련은 만약 지금 설벽화의 입장에서 청혼 사실을 알게 되면 기분이 참담할 것 같았다.

그걸 적이건도 모르지 않을 텐데, 왜 그녀까지 데려왔을까?

설마, 이 자식! 지금 상황을 즐기고 있는 것 아냐!

물론 그럴 리는 없다. 지금까지 봐온 적이건은 그런 시시한 인간이 아니었으니까. 그럼 왜?

"우아아아! 술 맛 죽인다!"

적이건이 다시 술잔을 비웠다.

설벽화가 적이건에게 술을 따라주었다.

넙죽 잘도 받아먹는다 싶었지만 차련은 싫은 내색을 하지 않았다.

"그래서 혼인하지 않을 건가요?"

설벽화의 물음에 적이건이 고개를 내저었다.

"마음이 바뀌었어."

"왜 바뀌었지?"

"강호를 여행하다가 우연히 한 강호인을 만난 적이 있어. 그가 그러더군. 네가 자유를 만끽하고 싶으면 혼인하지 마라. 하지만 네 삶의 질을 높이고 싶다면 반드시 혼인을 해라."

적이건이 두 여인을 번갈아 보며 차분히 물었다.

"혼인을 한다고 삶의 질이 높아질까?"

차련과 설벽화는 뭐라 대답을 하지 못했다. 두 여인 모두 그에 대해 확신이 서지 않았다.

적이건이 고개를 내저었다.

"사실 아니지. 혼인하고 더 어려운 삶을 사는 사람들도 많으니까. 더 불행해졌다고 생각하는 사람도 많고. 혼인을 후회하는 사람들도 많고. 한데 그 무인은 왜 내게 그런 말을 했을까?"

적이건의 눈빛이 조금 깊어졌다.

"내 경우에 있어서 그 조언은 너무나 훌륭한 것이었어. 나는 자유를 만끽하고 싶었던 것이 아니었어. 누군가를 책임진다는 것을 귀찮아하고 두려워했던 거였어. 그게 들키기 싫어 언제나 자유를 내세웠지. 그는 그런 나를 정확히 본 거지. 지독하게 비겁했던 난, 이미 삶의 질이 바닥을 치고 있었던 거야."

"지금은?"

차련의 물음에 적이건이 싱긋 웃었다.

"조금 바뀌었지."

"어떻게?"

"자유롭다는 것은 그 자체로 아주 멋진 일이지만, 누군가를 위해 조금은 양보하고, 누군가를 위해 조금은 하기 싫은 일도 하며, 누군가를 위해 책임지는 삶도 한 번쯤 살아보고 싶다고."

"왜 바뀌었지?"

"그런 마음이 남에게 들킨 게 싫었거든. 자존심 상했지. 뭐, 어떤 이유면 어때? 바뀐 게 중요하지."

차련이 미소를 지었다. 이런 마음이라면 충분했다.

그때 설벽화가 불쑥 말했다.

"그 누군가가 내가 되었으면 좋겠어."

마치 명령을 내리는 듯한 어조였지만 설벽화의 목소리는 몹시 떨렸다.

"너는 좋은 여자야. 하지만 적어도 내게 있어 최고의 여자는 아니야. 네게 최상의 가치를 부여하는 남자를 만나도록 해!"

"네게 최고의 여자는 누구지?"

그러자 적이건이 망설이지 않고 차련을 바라보았다.

설벽화의 표정이 창백해졌다. 그녀가 입술을 깨물었고 온몸을 떨었다.

"어떻게 내게!"

"어떻게 네 마음을 몰라주고 이렇게 거절하느냐고? 그래도 되니까. 이 강호에서 너를 거절할 남자는 몇 되지 않을 거야. 자존심 상할 필요도 없고, 상할 일도 아니야."

"난 당신을 원해!"

"그냥 지나가는 감정이야. 아니, 그렇지 않더라도 넌 금방 잊을 수 있어."

"함부로 나를 판단하지 마!"

설벽화가 소리쳤다. 그녀는 흥분하고 있었다.

적이건이 자리에서 일어났다. 술에 취했는지 조금 비틀거렸다. 적이건이 절벽 끝으로 걸어갔다. 조금 위태로운 걸음이었다.

그를 향해 설벽화가 소리쳤다.

"이유를 확실히 말해줘. 내가 납득할 수 있게. 왜 저 애인
지."

차련은 아무 반응도 보이지 않았다. 자신까지 나서면 설벽
화는 더욱 흥분할 것이다.

절벽 끝에 서 있던 적이건이 돌아섰다.

"납득이 되면?"

"깨끗이 물러설게."

"좋아. 이유를 말해주지. 왜냐하면……."

그때였다.

"어어어!"

적이건이 비틀거리며 두 팔을 휘저었다.

"앗! 조심해!"

차련이 소리치며 벌떡 일어났다.

하지만 그 순간 적이건이 절벽에서 떨어졌다.

"안 돼!"

차련이 소리치며 달려갔다. 절벽 끝에 섰을 때, 저 아래로
적이건이 떨어져 내리고 있었다. 경공을 쓰는 것이 아니라 두
팔을 휘저으며 그냥 추락하고 있었다.

그 순간 차련이 절벽에서 뛰어내렸다.

"안 돼!"

뒤에서 설벽화의 목소리가 들렸다.

하지만 이미 차련의 몸은 무서운 속도로 추락하고 있었다.

어떻게든 경공을 발휘할 수 있으리라 생각했다.

하지만 그건 큰 오산이었다. 이건 십여 장 높이의 건물에서 숨을 고르고 뛰어내리는 것과는 차원이 달랐다. 주위 사물이 알아볼 수 없도록 빠르게 지나갔고, 엄청난 바람이 불어닥쳐 눈을 뜨기도 어려웠다.

절벽에서 추락한다는 공포는 그녀의 몸을 완전 얼어붙게 만들었다. 추락하는 속도에 점점 가속도가 붙었다. 심장이 터질 것 같았다.

죽을지도 몰라.

그 생각이 드는 순간 차련은 두 눈을 질끈 감았다.

지금까지 살아온 삶이 주마등(走馬燈)처럼 스쳐 지나갔다.

꼬맹이 시절, 머리에 영웅건을 질끈 묶고 언니와 연무장에 서 있던 그때가 떠올랐다.

둘이서 아버지를 따라 열심히 목검을 휘둘렀다. 저 멀리 어머니가 갓난아기인 막내를 안고 서 계셨다. 꼬맹이 향이가 손을 흔들었다.

수련이가 아팠던 날이 떠올랐다. 수련이의 침상 옆에서 어머니가 울고 계신 모습을 지켜보고 있는 자신의 모습. 생각만 해도 가슴 아픈 일이었다.

또 다른 장면이 떠올랐다.

핏자국이 가득한 이한장에 홀로 서 있는 모습이었다. 근래 가장 강렬한 충격을 받았던 일이어서였을까? 저 멀리 복도 끝에서 적수린과 유설하의 모습이 보였다. 그들을 소리쳐 불렀지만 목소리가 나지 않았다.

그때였다.

누군가 자신의 허리를 감싸 안았다.

따스한 기운이 몸을 감쌌다. 안정감이 들었다.

차련이 천천히 눈을 떴다.

적이건이 자신을 보며 웃고 있었다. 꽤 많은 장면이 떠올랐지만 찰나의 시간만이 흘렀을 뿐이었다. 여전히 그녀와 적이건은 추락 중이었다.

"이건!"

적이건의 웃음을 보자 이제 살았구나란 생각이 들었다.

파파파팡!

적이건의 두 발이 끝없이 허공을 격했다.

떨어지는 속도가 현저히 줄어들고 있었다.

그때였다.

"앗!"

적이건이 깜짝 놀라며 위를 올라다보았다.

저 위에서 누군가 떨어지고 있었다.

설벽화였다.

차련은 정말 깜짝 놀랐다. 설벽화가 자신의 뒤를 따라 뛰어

내릴 줄은 정말 상상도 하지 못했다.

"그녀를 구해!"

"앗! 이게 아닌데!"

적이건도 당황스러운 모양이었다.

파파파파파파팡!

적이건의 발길질이 더욱 빨라졌다.

속도가 더욱 줄었고 설벽화와의 거리가 순식간에 좁혀졌다.

"으라차차차!"

적이건이 다른 한 팔로 그녀를 낚아챘다.

아슬아슬한 순간이었다.

두 여인을 양팔에 안은 적이건이었다. 그 와중에도 셋은 엄청난 속도로 떨어져 내리고 있었다.

파파파파파팡!

적이건이 미친 듯이 발길질을 해댔다.

"꽉 잡아!"

와지직!

나뭇가지를 부러뜨리며 세 사람이 바닥에 추락했다.

추락하기 직전 적이건이 두 여인을 던지듯 띄웠다. 뭔가 부드러운 힘에 그녀들이 두둥실 떠올랐다가 다시 떨어졌다.

반면 적이건은 그대로 바닥에 충돌했다.

꽈당!

적이건이 크게 튀어 올랐다 떨어졌다.

털썩!

그에 비해 두 여인은 가볍게 바닥을 뒹굴었다. 이게 절벽에서 떨어진 것일까란 생각이 들 정도로 가벼운 충격이었다.

차련이 벌떡 일어났다.

"이건!"

그녀가 적이건에게 달려갔다.

적이건은 쓰러진 채 꼼짝도 않고 있었다.

"이건!"

차련이 발작하듯 적이건을 불렀다.

차련은 온몸이 떨리고 현기증이 났다. 적이건이 죽었을지도 모른다는 생각에 숨조차 쉴 수 없었다.

하지만 이대로 있을 순 없었다.

차련이 두려운 마음으로 적이건의 코에 손가락을 가져갔다.

"…아직 살아 있어!"

하지만 너무나 미세한 숨결이었다.

당장이라도 자신을 놀라게 하며 일어날 것 같았지만 적이건은 꼼짝도 하지 않았다. 한눈에 봐도 상태는 좋지 않았다. 척추가 다쳤을지 몰라 함부로 움직일 수도 없었다.

차련이 주위를 돌아보았다. 설벽화는 그저 멍하니 주저앉아 있었다.

"정신 차려!"

차련의 외침에 설벽화가 힐끔 그녀를 쳐다보았다. 여전히 반쯤 넋이 나간 상태였다. 정말 미친 짓이었단 생각이 들었다. 자존심 때문에 울컥 본능적으로 뛴 것이다. 뛰고 나서 그녀는 후회했다. 이건 미친 짓이야!

차련이 주위를 살폈다.

소리쳐 사람을 불러보았지만 아무 대답도 없었다.

주위를 살폈다. 그들이 떨어져 내린 공간은 그리 넓지 않았다. 사방을 다 돌아본 차련이 절망했다.

그곳은 사방이 절벽으로 둘러싸인 곳이었다. 다른 길이 없었다. 나가려면 절벽을 다시 기어올라 가야 했다.

그를 업고 올라간다?

그럴 수 없었다. 척추를 다쳤을지도 모를 일이었다. 아니, 그렇지 않다 해도 불가능했다. 혼자 올라가는 것도 장담할 수 없는 절벽이었다.

가장 좋은 선택은 올라가서 팔방추괴를 데려오는 것이었다.

한데 이곳까지는 어떻게 내려오지?

일단 데려오면 무슨 방법이 있을 것이다.

아, 그렇지. 양화영이나 유설하를 함께 데려오면 될 것이다. 이 절벽쯤은 쉽게 내려오실 분들이니까.

그녀의 머릿속이 바쁘게 움직였다.

위기가 닥치니 오히려 마음이 침착해졌다.

시간을 낭비하면 안 돼!

차련이 설벽화에게 뛰어갔다.

"이봐요! 정신 차려요!"

설벽화가 멍하니 자신을 쳐다보았다.

"정신 차리고 내 말 들어요! 내가 돌아올 때까지 저 사람 잘 돌봐주고 있어요! 알았죠?"

그러자 설벽화가 강하게 거부했다.

"싫어! 함께 가! 같이 가!"

만약 이곳에 적이건과 있다가 그가 죽는 것을 본다면?

생각만 해도 끔찍하고 무서운 일이었다. 시체와 이곳에서 언제 올지도 모를 차련을 기다릴 수는 없었다.

차련이 물었다.

"혼자 올라갈 수 있겠어요?"

절벽을 쳐다본 설벽화가 고개를 내저었다. 절벽은 끝이 보이지도 않았다. 올라가다 다시 떨어지기라도 한다면?

설벽화가 고개를 내저었다.

바로 그때였다.

짝!

차련이 사정없이 설벽화의 뺨을 때렸다.

"정신 똑바로 차려요! 당신 이렇게 약한 사람이었어?"

그 말에 설벽화는 번쩍 정신이 들었다. 너무나 자존심 상하는 말이었다. 그녀를 움직이는 원동력은 자존심이었다.

설벽화가 이를 악물자 차련이 말했다.

"그래요. 그 눈빛이에요. 그게 당신 눈빛이에요."

차련은 더없이 냉정하고 진지했다. 그 순간 설벽화는 느꼈다. 차련보다 자신이 한참 어리구나. 훨씬 약하구나.

차련이 침착하게 말했다.

"그는 절대 죽지 않아요! 내 말 믿어요!"

설벽화가 적이건을 쳐다보았다. 이유야 어쨌든 자신의 생명의 은인이었다. 자신이 뛰어내리지 않았으면 저렇게 다치지 않았을지도 모를 일이었다.

"내가 사람을 데려올게요. 최대한 빨리. 그러니까 그때까지 저 사람 부탁해요!"

설벽화는 차련의 눈에 맺힌 눈물을 보았다.

그녀는 느꼈다.

'당신은 정말 그를 사랑하는군.'

질투나 화가 난다기보다는 차련이 대단해 보였다.

차련이 자리에서 일어났다. 그녀가 절벽을 올려다보았다.

내가 올라갈 수 있을까?

아니, 반드시 올라가야 했다. 그것도 최대한 빨리.

차련이 절벽 아래 섰다. 워낙 절벽이 높고 가팔라 경공으로 벽을 타고 올라갈 수 없었다. 차라리 내력을 아껴 잘 분배하며 조심해서 올라가는 것이 맞았다.

힘내서 올라가는 거다. 내가 실패하면 우리 셋 다 죽는다.

안전장치라고는 오직 허리에 차고 있는 숙녀검뿐이었다.

만약 미끄러지면 재빨리 뽑아서 절벽에 박아 넣어야 했다.

벽에 박힐까?

그녀가 숙녀검을 절벽에 찔렀다.

팍!

내력 실린 숙녀검이 절벽에 박혔다. 자신의 몸무게를 지탱할 깊이였다. 하지만 지금은 땅에서 안정된 자세로 찔러 넣은 것이었다. 떨어지면서도 이렇게 할 수 있을까?

그때 차련은 무엇인가에 생각이 미쳤다.

차련이 재빨리 적이건의 상의를 살폈다.

"있다!"

차련이 찾아낸 것은 빙옥수였다. 아무래도 장검보다는 비수가 훨씬 유용할 것이다.

미약한 숨을 내쉬는 적이건에게 차련이 속삭였다.

"기다려 줘요… 내일 좋아하는 고기 구워줄게요. 그러니까 꼭⋯⋯."

더 말하면 눈물이 날 것 같아 차련이 얼른 일어섰다.

설벽화가 진심으로 말했다.

"조심해요."

단지 자신의 목숨까지 걸려 있어서가 아니었다. 차련의 모습에 조금 감동한 탓이었다.

차련이 설벽화에게 미소 지었다.

"부탁해요."

차련이 절벽을 오르기 시작했다.

처음 얼마간은 쉬웠다. 생사현관 타통 후 육체적인 능력이 비약적으로 발전한 그녀였다. 균형감 역시 예전과 비할 바 없었다.

이대로라면!

올라갈 수 있을 자신감이 생겼다. 지켜야 할 원칙은 하나였다.

절대 아래를 보지 말자!

위만 쳐다봐서 목이 아프면 양옆으로 고개를 돌려 풀었다.

절벽을 오른 지 채 반 시진도 되지 않아 차련은 땀에 흠뻑 젖었다. 절벽을 타고 오르는 것은 무공의 경지나 내공과는 전혀 별개의 일이란 것을 직접 오르고 나서야 깨달을 수 있었다. 물론 절벽을 타고 단숨에 절벽 위로 날아오를 정도의 고수들의 경우라면 경공 실력에 달려 있겠지만 그건 진짜 고수들의 경우였다.

불행히도 차련의 경지는 아직 그 정도에 이르지 못했다.

일단 높은 곳을 오르고 있다는 공포심을 극복하기 어려웠다.

몇 장 위의 돌출된 부분을 향해 박차고 날아오르면 더 빠르게 올라갈 수 있을 것이다. 만약 땅에서 몇 장 위의 돌출부를 향해 뛰어올라 매달려야 한다면 그것은 정말 별것 아닌 일이었다.

하지만 이곳은 까닥 실수하면 그대로 추락하는 절벽이었다.

더구나 어두운 밤이었다. 달빛이 밝아서 그나마 다행인 상황이었다.

차련은 자신이 없었다. 한 번은 그런 식으로 오를 수 있겠지만 계속 그렇게 올라갈 자신이 없었다. 차라리 차근차근 힘을 아껴가며 오르는 것이 현명한 생각이라 결론 내렸다.

차련은 천천히 착실히 절벽을 올랐다. 손가락 끝에 너무 강한 힘이 들어가지 않도록 신경 썼다. 온몸에 힘을 골고루 배분하는 것이 무엇보다 중요했다. 필요한 것은 집중력이었다.

그렇게 절벽을 오르길 한 시진. 첫 번째 고비가 찾아왔다.

손을 지탱하거나 발을 디딜 곳이 없는 구간에 도달한 것이다. 올라갈 방법은 하나였다.

파파팍!

차련이 빙옥수로 절벽을 긁어냈다. 손과 발을 고정할 만큼 깎아낸 다음 조금씩 올라갔다. 쇳덩이처럼 단단한 벽이 그냥 깎일 리가 없었다. 상당한 내력이 소모되었다.

문득 아래에 있을 적이건 생각이 났다.

그의 창백한 얼굴이 떠올랐다.

가슴이 울컥하던 그 순간, 차련의 발이 미끄러졌다.

주르륵!

벽을 미끄러져 내려가면서도 차련은 오른 손바닥을 절벽에서 떼지 않았다.

팍!

다행히 차련이 돌출된 돌을 붙잡았다.

"후우후우!"

한 팔로 지탱한 채 차련이 숨을 몰아쉬었다.

집중해! 집중해, 차련!

팔이 긁힌 것 따윈 중요하지 않았다. 방금 떨어져 내린 거리가 너무 아까웠다.

차련이 다시 절벽을 기어오르기 시작했다.

반 시진쯤 지났을 때, 다행히 빙옥수를 사용해야 할 구간이 끝이 났다. 그것만 해도 정말 다행스런 일이었지만 이미 차련은 완전 지쳐 있었다.

차련의 입에서 절로 고통에 찬 신음 소리가 나왔다.

허리가 끊어지는 듯 아팠다.

하지만 차련은 잠시도 쉬지 않았다. 아니, 쉴 수가 없었다. 저 아래서 적이건이 죽어간다고 생각하니 그냥 있을 수 없었다.

가야 할 길은 멀었다. 절벽을 다 오르면 다시 산을 내려가야 했다.

만약 간발의 차로 적이건이 잘못된다면?

그 상상도 하기 싫은 생각을 하면 조금도 쉴 수가 없었다.

"힘내자! 영차!"

차련이 일부러 소릴 질렀다.

얼마나 올랐을까?

주르륵 눈물이 흘러내렸다. 차련이 울려고 운 것이 아니었다. 육체가 너무 고통스럽다 보니 눈물이 저절로 흘러내린 것이다. 태어나 처음 겪는 일이었다.

눈물을 흘리고 나니 오히려 기분이 나아졌다.

"괜찮아! 할 수 있어! 차련! 넌 할 수 있어!"

나쁜 일만 있지는 않았다.

잠시 앉아 쉴 공간을 발견한 것이다. 절벽 사이 어른 손바닥 두 개 크기의 바위가 튀어나와 있었다. 딱 사람 하나가 엉덩이를 붙이고 앉을 수 있는 공간이었다.

차련이 그곳에 앉았다. 현기증이 나서 아래는 쳐다볼 수가 없었다. 살면서 이렇게 힘들었던 적은 결코 없었다.

그녀가 건너편 절벽을 쳐다보았다. 건너편 절벽으로 가늠해 볼 때, 아직 반도 올라오지 않은 것 같았다. 앉은 자세가 불안해 심법을 운용할 수도 없었다.

딱 반 시진만 잤으면 좋겠다는 생각이 들었다. 하지만 적이건이 걱정돼서 그럴 수 없었다.

일다경쯤 쉰 차련이 다시 절벽을 기어오르기 시작했다.

다시 아까 쉬었던 그곳으로 내려가고 싶은 생각이 자꾸만 그녀를 괴롭혔다.

차련은 이를 악물고 참았다. 온몸이 긁힌 상처투성이였다. 손바닥은 이제 벽에 손만 대도 아려왔다.

차련은 쉬지 않고 올라갔다.

얼마나 흘렀을까?

주위가 점점 밝아오고 있었다. 날이 밝아오기 시작한 것이다.

차련은 그조차도 인식하지 못하고 있었다.

그녀는 무의식 상태였다. 내력이 고갈된 지는 이미 오래전이었다. 다음으로 체력이 바닥났다. 그 과정에 땀으로 온몸의 모든 노폐물이 빠져나왔다.

이제 남은 것은 그녀의 정신력이었다. 살면서 이렇게까지 마지막 한 줌의 힘까지 다 끌어 쓸 기회는 많지 않았다.

그녀는 무아지경에 빠져들었다.

그리고 마지막 순간.

더 이상은 무리야.

차련은 이제 손가락 하나 까딱할 수 없다는 것을 알았다.

올라갈 수도 내려갈 수도 없었다.

자신이 추락했을 때 혹시라도 적이건이나 설벽화가 다칠까 걱정이 되었다.

별걱정 다 한다.

차련이 피식 웃었다. 마지막으로 떠오른 얼굴은 부모님이었다. 가족들과 적이건의 부모님.

한 번 떨어져 봤으니 그나마 낫잖아. 겁먹지 말자.

……죄송해요.

차련이 손을 놓았다.

꽈악.

"……?"

추락해 떨어졌어야 했는데 여전히 절벽에 매달려 있었다.

차련이 천천히 눈을 뜨며 위를 쳐다보았다.

반갑고도 놀라운 얼굴이 자신을 보며 웃고 있었다.

바로 적이건이었다.

차련은 꿈을 꾼다고 생각했다.

벌써 떨어져서 죽은 것일까?

다행이란 생각이 들었다. 이렇게 편하게 죽었다면.

얼마 전 나무에서 떨어지던 적이건을 잡아준 때가 생각났다. 그때는 자신이 이렇게 잡아줬었는데.

적이건이 천천히 차련을 잡아당겼다.

차련이 적이건에게 안겼다. 힘이 없어 서 있을 수도 없었다.

"잘했어."

차련의 등으로 조심스럽게 적이건의 내력이 흘러들었다.

잠시 후 차련이 정신을 차렸다.

"여긴?"

그녀가 서 있는 곳은 절벽 위였다.

"…나 죽지 않은 거야?"

적이건이 미소를 지으며 고개를 끄덕였다. 적이건 뒤쪽 한 옆에 설벽화가 서 있었다.

"어떻게 된 일이지?"

적이건의 얼굴은 절대 아픈 사람의 그것처럼 보이지 않았다.

"아픈 거 아니었어?"

"절벽에서 떨어졌는데, 그걸 말이라고 해?"

말과는 달리 적이건은 너무나 멀쩡했다. 더구나 눈가의 장난기까지.

"깨어 있었지?"

차련의 눈이 점점 가늘어졌다.

"…아니."

차련이 숙녀검을 뽑았다.

"아냐, 넌 분명 깨어 있었어!"

손을 번쩍 들어 항복하는 적이건의 짓궂은 표정으로 볼 때, 차련은 자신의 생각이 확실함을 깨달았다.

"그냥 우리 둘을 데리고 올라올 수도 있었지?"

"헤헤."

"왜 안 그랬지?"

그러자 적이건이 설벽화를 보며 말했다.

"네가 물었지? 왜 네가 아니라 저 녀석인지."

설벽화는 아무 말도 하지 않았다. 차련이 절벽을 오르기 시작하고 조금 시간이 지났을 때, 적이건이 벌떡 일어났다. 마치 낮잠에서 깬 얼굴로 그가 알지 못할 말을 했었다.

이제 대답을 들으러 갈까?

적이건이 자신을 업고서 차련이 오르는 절벽에서 조금 떨어진 절벽을 올랐다. 차련과 속도를 맞추었다. 차련이 떨어지면 언제라도 날아가 구할 수 있는 거리였을 것이다. 온통 정신을 집중한 차련은 두 사람이 지켜보고 있다는 것을 알아차리지 못했다.

설벽화는 지난밤 차련의 사투를 모두 보았다.

차련이 어떻게 절벽을 올라왔는지를. 자신이라면 절대 할 수 없는 일이었다.

그런 차련을 바라보는 적이건의 시선을 보며 설벽화는 질투 이상의 어떤 묘한 감정을 느꼈다. 적이건의 눈에 담긴 것은 사랑 그 이상이었다. 그것은 한 인간에 대한 한 인간의 깊은 신뢰였다.

적이건이 담담하게 말했다.

"이제 대답이 되었지?"

설벽화는 여전히 아무 말도 없었다. 시인도 부정도 하지 않는 모습이었다.

그때 차련이 적이건의 등을 콕콕 두드렸다.

"이제 볼일 끝나셨어?"

적이건이 나 잘했지란 표정을 지었다.

하지만 차련의 표정은 더없이 싸늘했다.

"그 쓰잘데기없는 말 한마디 하시려고 나를 이렇게 개고생 시키셨다?"

아! 정말 떨어졌으면⋯ 나 처녀귀신이 될 뻔했잖아!

"멋있지 않았어?"

밀자. 그래, 확 밀어버리자!

적이건이 한술 더 떴다.

"헤헤헤. 평생 못해볼 경험이었잖아?"

그건 그랬다. 결과적으로 자신의 인생에서 가장 큰 경험이었다. 지금 표정으로 볼 때, 아마도 자신을 지켜봐 주고 있었겠지. 그래야 적이건이니까.

하지만 그래서 더 미웠다.

그런 마음도 모르고 적이건이 실실 웃었다.

"추억도 되고!"

"추억 좋아하네!"

차련이 사정없이 적이건을 밀었다.

"죽어! 내가 영원히 추억해 주지!"

"아아아아! 위험해!"

차련에게 밀리면서 적이건이 차련의 팔을 잡았다.

"아얏! 안 돼!"

적이건이 차련을 붙잡고 늘어졌고 잠시 실랑이를 벌이던 두 사람이 함께 떨어졌다.

"으아아아아!"

거짓말처럼 두 사람이 다시 절벽 아래로 떨어진 것이다.

설벽화가 천천히 절벽 끝으로 걸어갔다. 그리고는 긴장감없는 얼굴로 절벽 아래를 쳐다보았다.

자신을 안고 날아올라 온 적이건의 무공으로 볼 때 둘이 떨어진 것은 아무 문제도 아니었다.

"…둘 다 죽어버렸으면 좋겠네."

그러나 이내 피식 웃었다.

뒷짐을 진 그녀가 저 멀리 떠오르는 해를 바라보았다.

그리고 후련한 얼굴로 적이건에게 하지 못한 말을 했다.

"패배 인정."

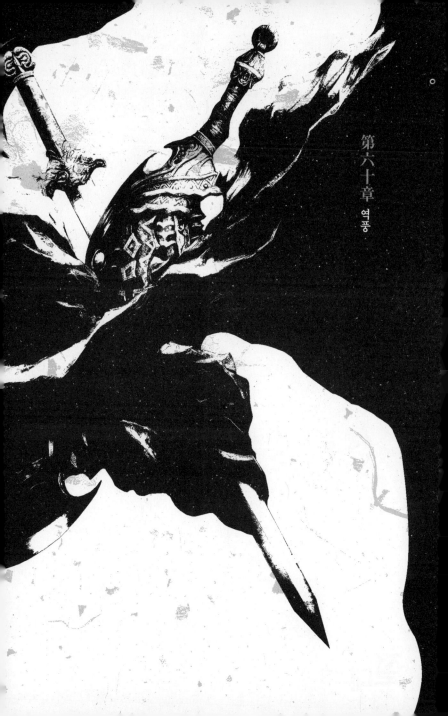

第六十章 역풍

絶代
君臨
절대군림

"어떻게 받아들여야 할까?"

풍운성주 사도백에게 날아든 제안은 정말 생각지도 못한 것이었다.

임천세의 죽음이 사실로 밝혀진 후 풍운성은 발 빠르게 움직였다. 감숙과 섬서, 녕하의 풍운성 산하 모든 가문들이 총비상에 들어갔다.

그리고 오늘 생각지도 못한 제안을 받은 것이다.

북천패가에서 호북 무한의 이권을 넘겨주는 조건으로 도움을 바란 것이다. 조건은 무한에 한정되어 있지만 무한에 진출한다는 것 자체로 호북에 막대한 영향을 끼칠 수 있었다. 말 그대로 호북 진출이 되는 셈이다.

"혹시 함정이 아닐까?"

조심스런 사도백에 비해 풍운성의 총군사 홍신(洪信)은 이번 제안을 기회로 생각하고 있었다.

"함정일 가능성은 희박합니다."

"어째서지?"

"임천세가 죽은 이상, 임하기만으로는 역부족입니다. 더구나 임천세의 죽음에는 더러운 추문까지 관여되어 있습니다. 아마도 북천패가 내에서 이탈하고자 하는 가문들이 속속들이 생겨날 테고. 겉으로는 괜찮아 보여도 지금의 북천패가는 최악의 상황일 겁니다. 그런 상황에서 임하기는 지푸라기라도 잡고 싶은 심정이겠지요."

"그게 바로 우리다?"

"그렇습니다. 그렇다고 그들이 남악련과 손을 잡을 수는 없지 않습니까?"

"하긴 그렇지."

북천패가와 남악련은 오래전부터 서로 숙적이자 앙숙이었다.

"이번 기회에 호북으로 진출할 수 있습니다."

"호북이라."

자그마한 체구의 사도백이었다. 하지만 그의 두 눈에서 뿜어 나오는 기운은 마주 보기 힘들 정도로 강렬한 것이었다. 중원의 좌측에 치우친 그들로서는 호북 진출이란 오랫동안 기다려 온 기회 중의 기회였다.

"이번 일로 남악련이 우릴 치진 않을까?"

그러자 홍신이 미소를 지었다. 이미 그에 대해서도 생각해둔 바가 있는 여유로운 표정이었다.

"그러지 않을 겁니다."

"어떻게 확신하나?"

"북천패가란 먹음직한 먹잇감이 눈앞에 있습니다. 더구나 임하기란 애송이 손에 들려 있습니다. 성주님이라면 그냥 두고 보시겠습니까?"

사도백이 고개를 끄덕였다. 남악련은 이 기회를 절대 놓치지 않을 것이다.

"남악련에게 북천패가를 내주더라도 우린 호북부터 확실히 챙겨야 합니다."

"호북부터 먹고 보자?"

"이번 제안을 받아들여야 할 결정적인 이유가 또 있습니다."

"뭔가?"

"우리가 받아들이지 않으면 그들은 흑도방을 끌어들일 겁니다."

"설마?"

북천패가가 자신들을 끌어들일 수는 있다. 언젠가부터 천하사패는 자연스럽게 남북으로 나뉘어졌다. 북천패가는 풍운성과, 남악련은 흑도방과 그 관계가 좀 더 가까웠다.

"임하기는 절벽 끝까지 몰린 상황입니다."

사도백이 잠시 숙고했다. 그의 고민은 길지 않았다.

이런 상황에서 몸을 사렸다면 그는 천하사패의 주인이 되지 못했을 것이다.

"무한으로 간다!"

*   *   *

막휘의 실패는 양인명에게 내심 큰 충격을 안겨주었다.

쉽지 않은 임무라고는 생각했지만 그렇다고 막휘가 데려간 수하들을 모두 잃고 혼자 살아 돌아올 줄은 몰랐다. 비록 십여 명이지만 그래도 백호대의 정예 중의 정예들이었다.

"그만 고개를 들게."

막휘는 양인명 앞에서 고개를 들지 못했다.

자존심 강한 막휘였다. 지금 그의 심정이 어떠할지는 양인명이 잘 알았다.

"자네가 무사히 돌아온 것만으로도 다행한 일이네."

막휘가 이를 갈며 말했다.

"놈들은 만반의 준비를 하고 저희를 기다리고 있었습니다."

"배신자가 있었단 말인가?"

"그런 것 같습니다."

양인명의 인상이 굳어졌다. 세작들이야 있을 수 있었다. 하지만 이런 기밀작전이 새어나갔다는 것은 있을 수 없는 일이었다.

"첩자 색출은 제게 맡겨주십시오."

막휘의 두 눈에 강한 의지가 깃들었다.

원래라면 감찰대에서 맡아 진행해야 할 일이었다. 아마도 막휘는 거기까지 부패했을지 모를 걱정을 하고 있는 것이었다. 막휘라면 부하를 잃은 분노 때문에 일을 망치지는 않을 것이다.

양인명이 흔쾌히 허락했다.

"그렇게 하도록."

"감사합니다."

그때 수하가 안으로 들어왔다. 그가 새로운 소식을 알렸다.

"풍운성주가 출성을 했습니다."

"사도백이? 어디로?"

"목적지는 무한으로 알려졌습니다."

양인명과 막휘의 표정이 동시에 굳어졌다.

"이유는?"

"아직 밝혀지지 않았습니다."

"알았네. 계속 보고하게."

수하가 나가자 막휘가 재빨리 입을 열었다.

"요즘 같은 상황에서… 이거 심상치 않습니다."

"그렇지?"

"풍운성이 움직였다는 것은 시사하는 바가 큽니다."

"설마 합작인가?"

"그런 것 같습니다."

양인명이 자리에서 일어났다.

"멍청한 자식! 뒷감당을 어떻게 하려고!"

애송이라 여겼던 임하기가 이렇게 빨리 풍운성을 끌어들일 줄은 생각지 못했다. 적어도 혼란이 한 달 이상은 갈 것이라 예상했었다.

그때 유검이 안으로 들어왔다. 임천세의 죽음에 관해 조사하고 돌아온 길이었다.

"벽력검이 개입했다는 실질적 증거를 찾을 수가 없습니다."

"소문은 자자한데 증거를 찾을 수 없다?"

"네. 모두들 벽력검이 한 일이라고 하지만 실제로 그를 본 사람이 없습니다."

유검의 말에 양인명의 눈이 가늘어졌다.

"그렇게 큰일을 벌인 사람의 행방이 묘연하다? 이게 무슨 의미지?"

유검이 차분히 말했다.

"벽력검을 지원하는 제삼의 조직이 있는 것 같습니다."

"제삼의 조직이?"

"과거 벽력검은 호방하고 자유로운 사람이었습니다. 게다가 그는 정통 중에서도 정통의 계보를 잇는 정파인입니다. 임천세를 처단한 일은 그의 입장에서 감출 일이 아닙니다."

"그러니까 누군가 그 뒤치다꺼리를 해주고 있다?"

"물론 추측일 뿐입니다."

"아니. 그럴듯한 생각이야."

양인명이 묵묵히 고개를 끄덕였다.

임천세를 죽인 것은 벽력검이 확실하다는 생각이 들었다. 아니 땐 굴뚝에 연기 날 리 없다고, 그가 관여하지 않았는데 그의 이름이 나왔을 리 없다. 더구나 벽력검쯤 되는 거물이 아니고서야 임천세를 죽일 수도 없을 것이다.

문제는 임천세의 죽음이 단지 벽력검과의 갈등 때문이란 생각은 들지 않았다. 임천세는 벽력검과 싸움이 났다고 그의 검에 찔려 죽는 멍청이는 아니란 말이다. 돈이든 인맥이든 어떤 식으로든 해결을 봤을 것이다.

한데 벽력검에게 죽었다? 이건 또 다른 무엇인가가 개입했다는 말이었다.

막혀 있던 무엇인가가 풀리는 것 같았다.

양인명이 자리에서 일어났다.

"외출 준비하게."

"어디로 가십니까?"

"무한이네."

*　　　*　　　*

"아가씨, 잠시 함께 가시죠."

아침 일찍 무영이 찾아왔을 때만 해도 유설하는 그 일이 적이건과 관련된 것이라 생각했다.

무영은 그녀를 창천문 밖으로 안내했다.

"무영, 무슨 일이지?"

"가보시면 압니다."

표정이나 분위기로 봐선 나쁜 일은 아닌 듯싶었다.

무영에 대해 누구보다 잘 아는 그녀였다. 나쁜 일이라면 이런 식으로 비밀스럽게 처리하지 않을 그였다.

"요즘 이건이 때문에 고생이 많지?"

무영의 얼굴에서 고단한 세월의 흔적을 읽을 수 있었다.

"아닙니다. 도련님과 함께 있으면 언제나 즐겁습니다."

깍듯한 무영의 대답에 유설하가 기분 좋은 미소를 지었다.

한창 젊은 시절 자신을 지켜주겠다고 따라나섰던 무영이었다. 사실 그때는 고마운 줄 몰랐다. 이제 나이가 들고 보니 무영의 마음이 얼마나 소중하고 고마운 것인지 알 수 있었다. 자신으로 인해 다른 인생을 선택한 그였다.

"건이 녀석, 잘못하면 따끔하게 야단치게."

"하하. 알겠습니다."

그러지 못하리란 걸 유설하는 잘 안다. 적이건이라면 껌벅 죽는 무영이었으니까. 어려서 여행을 내보낼 수 있었던 것도 다 무영이 있었기 때문이었다. 아들에게는 물론이고 자신에게도 무영은 너무나 고마운 사람이다.

무영이 그녀를 안내한 곳은 태평루였다.

삼층의 특실 앞에서 무영이 객실로 들어가 보라고 손짓했다. 무영은 기대를 해도 좋다는 표정이었다.

유설하가 긴장된 마음으로 안으로 들어섰다.

사내 하나가 등을 진 채 창문 밖을 응시하고 있었다.

'누구지?'

왠지 낯익은 모습이었다.

사내가 돌아보지 않은 채 말했다.

"잘 지냈느냐?"

사내의 목소리를 듣는 순간 유설하는 충격을 받았다. 멍하니 서 있던 그녀의 얼굴에 환한 미소가 번졌다.

"오라버니!"

돌아서는 사내는 바로 유설찬이었다.

"오라버니!"

유설하가 달려가 유설찬에게 안겼다. 눈물이 왈칵 쏟아졌다. 얼마나 보고 싶었던가? 이십 년 만의 상봉이었다.

"설하야."

"오라버니!"

유설찬이 유설하의 어깨를 다독여 주었다.

유설찬 역시 너무나 보고 싶었던 동생이었다. 그녀가 청해
성에서 과일상을 하고 있다는 것은 이미 오래전부터 알고 있
었다.

보고 싶어 몇 번이나 몰래 찾아가기도 했었다. 먼발치에서
나마 얼굴이라도 보고 싶었지만 유설하는 다른 여인의 모습을
하고 있었다. 말이라도 한마디 붙여보고 싶었지만 그러지 못
했다.

이제 그 그리움의 시간을 넘어 동생을 만나게 된 것이다.

"자, 이리 앉자꾸나."

시간에 맞춰 준비를 해뒀는지 점소이들이 음식들을 줄줄이
가지고 들어왔다.

"아직 식사 전이지?"

"네."

차려진 음식들을 보고 유설하가 감동했다. 비싸고 귀한 음
식이라서가 아니었다. 예전에 자신이 좋아했던 음식들이었다.
오라버니는 아직도 자신의 식성을 기억하고 있었던 것이다.
애잔한 혈육의 정이 느껴져 다시 유설하의 눈에서 눈물이 흘
러내렸다.

잠시 그녀의 눈물이 그치기를 기다린 후 유설찬이 물었다.

"그간 어떻게 지냈느냐?"

"잘 지냈어요."

지난 세월을 어찌 다 말로 설명할 수 있을까?

"먼저 너부터 보고 싶어서 급히 자리를 마련했다."

"잘하셨어요."

"절대 오해는 말거라. 그 사람에게 어떤 감정이 남아 있는 것은 아니니까."

"네."

악감정이야 없을지 몰라도 그렇다고 오라버니의 입장에서 적수린이 아주 좋을 리는 없을 것이다.

"아버님은 어떠세요?"

"여전하시다."

"건강은?"

"걱정 마라. 오히려 요즘 더 젊어지신 것 같다."

"다행이네요. 정말 다행이에요."

아버지의 얼굴이 떠올랐다. 헤어질 때 아버지의 마지막 표정은 화난 얼굴이었다. 유설하는 그것이 너무나 가슴 아팠다.

"참, 환이는요?"

당시 유설찬에게 갓 낳은 아들이 있었다.

"징그러울 정도로 컸다. 아래로 여동생도 하나 있고."

"아, 축하드려요."

오랜만의 재회로 서먹함은 없었다. 원래도 친했던 두 사람이었다.

무공에 대한 천부적인 재능 덕분에 유설하의 무공이 언제나 유설찬을 앞섰었다. 당시 오라버니는 참으로 힘들었을 것이다. 교내의 수군거림은 물론이고 아버지를 뵐 면목도 없었을 것이고.

하지만 단 한 번도 불만을 가지거나 질투를 하지 않았던 오라버니였다. 그녀에게는 너무나 소중한 대인배 중에도 대인배인 오라버니.

"마존들은 어때요?"

이 물음은 달리 말하면 혹 천마신교 내에 어떤 분란의 여지가 있느냐를 묻는 것이기도 했다. 전쟁이 끝날 무렵 거의 대부분의 마존들이 죽었기에 지금의 마존들은 새로 자리를 물려받은 이들이었다. 그렇기에 권력암투가 있을 수도 있었다.

혹시 아버지와 오라버니 사이가 좋지 못한 것이 아닐까 걱정이 되기도 했다. 물론 오라버니의 성격상 그런 가능성은 희박했지만.

유설찬이 웃으며 말했다.

"걱정할 일은 없다."

유설하가 내심 안도했다. 하긴 아버지가 정정하신 이상 아무 문제는 없을 것이다.

"이건이라고 했지?"

"네. 말썽쟁이랍니다. 어제 나가더니 아직 돌아오지 않고 있지요."

"하하하. 한창 놀고 싶을 때 아니더냐."

"철이 없어서 큰일이에요. 요즘은 천하제패를 하겠다며 설쳐 대고 있답니다."

그러면서 유설하가 유설찬의 눈치를 살폈다. 아들이 하고자 하는 일을 알고 있을까 궁금하기도 했고, 어떻게 생각할지 걱정도 되었다.

분명 들은 바가 있을 텐데 유설찬은 대수롭지 않게 말했다.

"하하하. 과연 네 아들답구나! 암, 사내가 그 정도 포부는 있어야지."

하긴 오라버니 입장에서야 애들 장난처럼 느낄 것이다.

아들은 아직 모른다. 천마신교의 힘이 얼마나 강한지를. 중원 전체를 상대로 전쟁을 치른 그 엄청난 힘과 저력을.

"이번에 혼인을 시킬까 생각 중이에요."

"오! 그래? 상대는 누구더냐?"

"정검문의 둘째랍니다. 착하고 예쁘고. 아주 마음에 드는 아이지요."

"하하하. 벌써부터 며느리 자랑이냐?"

유설하가 함께 웃었다. 그러고 보니 조금 주책을 부린 것 같아 부끄러웠다.

"참, 소개하지. 범 단주, 잠시 들어오게."

중년 사내가 안으로 들어왔다. 적호단주 범강이었다.

"인사하지."

"오랜만에 뵙습니다."

범강의 정중한 인사에 유설하가 가볍게 고개를 숙였다.

"오랜만이에요."

"절 기억하시겠습니까?"

그러자 유설하가 미소를 지으며 고개를 끄덕였다.

당시 그는 일반 단원이었는데, 무공도 뛰어나고 충성심도 강해 그때부터 차기 적호단주가 될 것이라 이야기가 있던 것으로 기억했다.

"앞으로 자주 모실 기회가 있으면 좋겠습니다."

그 말에 유설하는 그저 미소만 지었다.

유설찬이 넌지시 말했다.

"말씀은 안 하셔도 아버님이 널 몹시 기다리고 계신다."

그 말에 유설하는 가슴이 뛰었다. 겁도 나고 뵙고 싶기도 하고.

"언제 올 테냐?"

"오라버니, 함께 돌아가요."

"나와 함께?"

"네. 그이와 이건이도 데리고 함께 가요."

유설찬이 흡족한 마음이 되었다. 돌아가는 여정 동안 동생과 많은 이야기를 나눌 수 있을 것이다.

하지만 그 시각, 유설찬의 부푼 마음에 반하는 일이 벌어지고 있었다.

　　　　*　　　　*　　　　*

　적이건과 차련이 창천문 인근의 오솔길을 걷고 있었다.

　절벽 위로 다시 올라왔을 때, 설벽화는 이미 산을 내려간 이후였다.

　"다시 그러지 마!"

　"알았어."

　"말은 잘하지."

　차련은 화를 내는 척할 뿐이었다. 그녀의 마음은 기쁨으로 가득 차 있었다.

　이번 일로 자신이 얼마나 적이건을 사랑하고 있었는지 스스로 확인하였다. 그리고 그 마음을 적이건이 알아주었다. 더 바랄 것이 없었다.

　좋은 점은 그뿐만이 아니었다. 차련은 절벽을 오르며 육체의 극한을 경험했다. 의도적인 훈련으로는 절대 거기까지 도달할 수 없었다. 무인으로서 매우 소중한 경험을 얻은 것이다.

　이제 어떤 일도 해낼 것 같아.

　그런 마음을 지닐 수 있다는 것만 해도 큰 성과였다.

　차련의 몸과 마음은 너무나 상쾌하고 뿌듯했다. 텅 빈 단전으로 밀려들어 왔던 적이건의 내력은 그야말로 꿀처럼 달콤했다.

　두 사람의 유대감은 다시 한 단계 더 발전했음을 차련은 확실히 느꼈다.

차련이 문득 생각나 물었다.

"요즘도 밤에 잠이 잘 안 와?"

그러자 적이건이 고개를 끄덕였다.

"네가 준 차 먹고 좀 나아졌는데… 요즘 신경 쓰니 다시 잠이 안 오네."

"잘 챙겨 먹으라니까!"

"그러게."

나중에 봐. 내가 억지로라도 챙겨 먹일 테니까!

이런 생각을 하니 부끄럽네.

다시 심장이 두근거렸다.

말없이 함께 걷기만 해도 가슴이 두근거리고 기분이 좋다면……

그래. 이런 게 바로 사랑인 것이다.

두 사람이 그렇게 한참을 말없이 걸었다. 저 멀리 창천문의 건물이 보일 때쯤, 차련이 발걸음을 멈췄다. 그녀가 조심스럽게 말했다.

"언젠가 정검문을 이어받고 싶어."

차련 입장에서는 조금 어렵게 꺼낸 말이었는데 대답은 쉽게 나왔다.

"당연히 그래야지."

"정말 그렇게 생각해?"

"물론이지. 네가 아니면 누가 물려받겠어?"

너무 흔쾌히 말해줘서 오히려 차련이 당황스러웠다.

적이건이 한마디 덧붙였다.

"대신 창천문주의 아내란 직분을 잊지 않으면 좋겠어."

"그야… 당연하지."

"그럼 됐어."

대답을 해놓고 차련은 문득 궁금했다.

창천문주의 아내는 무슨 일을 해야 할까? 뭔가 시킬 것 같은데?

앞장서 먼저 걸어가던 적이건이 걸음을 딱 멈췄다.

그리고 천천히 차련 쪽으로 돌아섰다.

적이건의 얼굴은 완전히 심각하게 굳어 있었다.

"왜 그래?"

그 표정이 어찌나 심각했는지 차련은 자신이 어떤 말실수를 한 줄 알았다.

적이건은 아무 말도 하지 않았다.

"무섭게 왜 그래?"

그 순간 차련의 등줄기가 시큰해졌다.

뒤에 어떤 존재감이 느껴졌다. 마치 독을 품은 독사가 목을 노리고 있는 느낌이었다.

적이건이 나직이 말했다.

"…움직이지 마."

차련의 목으로 시퍼렇게 날이 선 검날이 다가왔다.

차련의 심장이 미친 듯이 뛰기 시작했다. 자신은 물론이고 적이건이 알아차리지 못하게 자신에게 접근해 온 상대였다. 상대는 고수 중의 고수였다.

뒤에서 여유로운 목소리가 들렸다.

"오랜만이군."

자신은 처음 듣는 목소리였다. 그렇다면 적이건과 아는 인물이란 뜻.

마주 선 적이건이 굳어진 표정을 풀었다. 이내 그가 여유를 찾았다. 하지만 차련은 느꼈다. 적이건은 웃고 있었지만 두 눈만은 긴장을 풀지 않고 있었다. 상대는 진짜 고수다.

적이건이 머리를 긁적이며 물었다.

"누구시더라?"

차련은 등 뒤 사내의 살기가 순간적으로 강렬해짐을 느꼈다.

이내 뒤에서 웃음소리가 들렸다.

"후후후. 하긴 그날도 이렇게 내 속을 뒤집어놓았지. 어떤가? 입장이 바뀌니까?"

입장이 바뀌다니 무슨 뜻이지?

차련은 돌아보고 싶다는 욕망을 억지로 참았다.

최대한 마음을 안정하며 천천히 내력을 끌어올렸다. 언제라도 검을 뽑을 마음의 준비를 시작한 것이다.

적이건이 어깨를 으쓱했다.

"같은 입장이 아닌 것 같은데? 그때 그 여자는 꽤 중요해 보이던데?"

"그 말은… 이 여자는 중요하지 않단 말인가?"

사내가 스윽 다가섰다.

차련의 어깨 옆으로 얼굴을 들이밀었다.

차련이 힐끔 곁눈질로 그를 쳐다보았다.

낯선 중년 사내의 얼굴에서 독특한 냄새가 났다. 예전 인피면구를 썼을 때의 바로 그 냄새였다.

차련을 제압한 사내는 바로 연삼이었다.

일전에 적이건이 연십사를 인질로 삼았던 일을 차련을 통해 복수하고자 하는 그였다.

인피면구를 쓴 그의 웃음은 여전히 어색했다.

"흐흐흐. 과연 중요하지 않을까?"

적이건은 아무 대답도 하지 않았다.

연삼의 검이 살짝 움직였다.

스윽.

핏!

차련의 목에서 피가 튀었다.

차련은 크게 놀랐지만 최대한 침착하려 애썼다. 자신의 피 냄새에 현기증을 느껴보기는 이번이 처음이었다.

적이건이 태연히 말했다.

"잠시 데리고 놀던 여자야."

물론 차련은 적이건의 진심이 아니란 것을 잘 알았다.

아무리 그래도 어떻게 저런 말을!

연삼이 싸늘히 말했다.

"개수작 떨지 마라!"

"지겨워졌는데 잘됐네."

"이래도?"

핏!

다시 한 번 검이 차련의 목을 스쳤다.

주루룩.

어깨와 가슴을 지나 배 쪽으로 피가 흘러내려 가는 것이 느껴졌다. 이번에는 제법 크게 베였다.

차련의 심장이 터질 듯이 뛰었다. 이런 상황에서도 적이건이 그냥 있다는 것은 그만큼 대단한 고수란 뜻.

어떻게 해야지?

자신이 뭔가를 해야 했다. 적이건이 해결할 수 있다면 벌써 했을 테니까.

적이건이 냉정하게 말했다.

"그냥 단칼에 베어버려!"

연삼에게 싸늘한 살기가 솟구쳤다. 어차피 오늘의 목표는 차련이 아니었다.

"그러지!"

살기가 솟구쳤고 스윽 하는 검바람 소리가 들렸다.

차련이 눈을 질끈 감았다. 동시에 적이건이 외쳤다.

"잠깐! 잠깐!"

예상했다는 듯 연삼의 검이 멈췄다.

적이건이 두 손을 번쩍 들었다.

"인정! 그 여자 내 목숨보다 소중해! 죽이지 마."

연삼이 그럼 그렇지란 사악한 미소를 지었다.

"그 여자 죽이면 나도 따라 죽을 거야. 오늘 나 죽이러 온 거면 그 여자 죽이면 돼. 나도 곧장 따라 죽을 테니까."

연삼이 믿지 않는다는 표정으로 코웃음을 쳤다.

차련은 그 순간, 이 연삼이 적이건을 죽이러 온 게 아닐지도 모른다는 생각이 들었다. 왠지 그런 기분이 들었다.

"검과 도를 이리 던져라."

"그러지."

적이건이 등에 맨 검과 도를 풀었다.

차련은 여전히 적이건의 얼굴만 응시했다. 전음을 보내지 않는 것을 보니, 전음을 보내는 것조차 알아차릴 고수가 분명했다.

차련은 오직 느낌에 집중했다.

아직이야.

자신이 움직여야 할 순간이 오면 적이건이 신호를 보낼 것이라 생각했다.

이 위기를 벗어날 방법은 오직 자신에게 달렸다.

적이건이 검과 도를 던졌다.

팍! 팍!

호선을 그리고 날아온 검과 도가 연삼 앞쪽에 날아와 땅에 박혔다.

그러자 연삼이 피식 웃었다. 검과 도를 뽑기 쉽게 땅에 박았음을 눈치 챈 것이다.

"유치한 수작!"

연삼이 손을 비틀었다. 검과 도가 뽑혀서 옆쪽 수풀로 날아갔다.

연삼은 적이건의 실력을 과소평가하지 않았다. 물론 적이건이 무기를 들고 있다 해도 이길 자신이 있었다. 하지만 이번만큼은 확실히 처리할 작정이었다. 실수는 한 번이면 족했다.

적이건이 포기한 얼굴로 한숨을 내쉬었다.

"이제 어쩔 작정이지?"

"함께 가주어야겠다."

"아, 그럼 진작 말을 하지. 그냥 가자고 했어도 따라갔을 텐데. 그 여자 목에 피나 좀 닦아줘. 진작 말하지."

적이건의 너스레에 연삼이 코웃음을 쳤다.

"개수작 떨지 말고. 스스로 혈도를 제압해라."

"그전에 하나만 묻자. 비연회에서 얼마나 돈을 많이 주면 그쪽이 회유당했을까? 얼마 받고 가입했어? 나도 가입하고 싶은데. 난 얼마나 줄까?"

"닥쳐라!"

연삼이 살짝 흥분했다. 자신은 돈 때문에 비연회에 회유된 것은 아니었다.

"정파에서도 존경을 받는 그쪽이잖아?"

"닥치라고 했잖느냐!"

유독 정파란 말에 흥분하는 그였다.

적이건의 눈빛이 반짝였다. 오직 차련만이 알아차릴 수 있는 그런 미묘한 감정의 신호.

차련은 바로 지금 이 순간이란 것을 본능적으로 깨달았다.

차련이 갑자기 확 돌아섰다.

"이 더럽고 비겁한 정파 놈아! 돈이 그렇게 좋더냐!"

갑작스런 차련의 반응에 순간 연삼이 당황했다.

차련이 연삼의 시야를 가리며 그의 검에 몸을 던졌다.

"죽여! 죽이라고!"

목숨을 건 모험이었다. 곧바로 연삼이 자신을 베어버리면 그것으로 끝장이었다.

다행히 모험은 성공이었다. 연삼은 그녀를 곧바로 베지 않았다. 좀 더 그녀를 통해 적이건을 조롱하려 했었다. 게다가 자신이 돈 때문에 비연회에 든 것이 아니란 억울함이 무의식으로 작용해 그녀를 베지 않았다.

그 찰나의 순간을 적이건은 놓치지 않았다. '비겁한 정파 놈아' 란 말이 나올 그 순간 이미 적이건은 몸을 날리고 있었다.

쉬이익!

순식간에 날아온 적이건이 차련의 허리에 찬 숙녀검을 벼락처럼 뽑아 연삼을 찔러갔다.

차아앙!

시원스런 쇳소리가 터져 나왔다.

적이건이 뒤로 튕겨났다. 물론 차련을 안고 있었다.

적이건이 다시 더 뒤로 몸을 날려 연삼에게서 멀찌감치 떨어졌다.

"괜찮아?"

대답 대신 차련이 적이건의 팔을 꼬집었다.

"아아아아!"

"데리고 노는 여자라고? 차라리 구하지 마!"

"헤헤헤."

적이건이 연삼을 노려보면서 자신의 옷자락을 찢었다. 그리고 조심스럽게 차련의 목을 감쌌다. 다행히 상처가 깊진 않았다.

차련이 안도의 한숨을 내쉬었다. 또 한 번 목숨의 위기를 넘긴 것이다.

목에 흉터는 안 생기겠지?

물론 그런 걱정할 때가 아니었다. 아직 위기는 끝나지 않았다.

적이건이 손을 내밀었다.

저 멀리 던져 놓았던 지옥도와 군자검이 허공을 가로질러 날아왔다.

무기 회수를 막지 않는 연삼의 자신감을 봐도 여전히 위기 상황이었다.

적이건이 숙녀검을 차련에게 돌려주었다.

"저놈 얼마나 강해?"

"내가 죽거나 저놈이 죽거나."

차련이 숙녀검을 꽉 쥐며 말했다.

"틀렸어."

"응?"

"우리가 죽거나 저놈이 죽거나."

차련의 진심이었다.

그래, 죽으면 같이 죽는 거다. 혼자 살아남아 복수할 생각 없어.

죽을 거면 그냥 같이 죽어!

그것은 곧 차련의 강호.

적이건이 싱긋 웃으며 말했다.

"좋아. 대신 일단은 여기 있어. 나 죽으면 그때 덤벼서 죽어!"

차련이 고개를 끄덕였다. 아직 적이건과 합공을 할 실력이 되지 않았다. 아쉽지만 할 수 없었다.

"죽더라도 저놈 두 팔이랑 양다리를 다 베어줘! 나라도 살
자."

마음에도 없는 농담에 적이건이 씩 웃었다.

그래, 그 웃음이야. 지지 마, 이건.

적이건이 천천히 연삼에게 돌아섰다. 두 눈이 빛나기 시작
했다. 적이건의 전신에서 쏟아져 나오는 차가운 기파가 연삼
은 물론이고 차련까지 두렵게 만들었다.

"이 싸움은 나만을 위한 싸움이 아냐."

적이건이 지옥도를 뽑아 들었다.

"그래서 질 것 같지가 않군."

파앗!

적이건이 땅을 박차며 질풍처럼 쇄도했다.

번쩍!

지옥도가 허공을 갈랐다. 섬전처럼 빠르고 벼락처럼 강력했
다.

꽈르르르릉!

연삼이 서 있던 땅거죽이 짐승 껍질처럼 뒤집혀 올라왔다.
허공으로 날아오른 연삼의 검이 빛을 뿜었다.

파파파파파파파팍!

여덟 줄기의 검기가 사방에서 적이건을 노리며 쏟아졌다.

꽈앙―!

지축이 흔들리며 아름드리나무가 통째로 쓰러졌다.

적이건은 무사했다. 지옥도로 전방의 검기를 해소하며 검기의 사슬을 빠져나온 것이다.

이번에는 적이건의 지옥도가 강기를 쏟아냈다.

시퍼런 불꽃같은 강기가 연삼을 덮쳤다.

콰아아앙!

강기와 강기가 충돌했다.

귀를 찢는 폭음에 멀리 있던 새들이 날아올랐다.

차련은 두 사람의 싸움을 단 한순간도 놓치지 않고 지켜보고 있었다.

날아든 검기가 옆의 바위를 부셔 파편이 비산해도 그녀는 한 발짝도 움직이지 않았다.

차련은 마음으로 함께 싸우고 있었다.

지지 마!

적이건은 한 마리의 맹수처럼 흉포했다. 그만큼 상대가 강하다는 뜻이기도 했다.

따다다다다다당!

두 사람이 허공에서 얽혔다. 검과 도가 수십 차례 번쩍였다. 그림자가 따라가지도 못할 정도로 빠른 속도였다. 검에 햇살이 반사되며 차련은 눈이 부셨다.

지옥도와 함께 비상하는 적이건의 모습을 차련은 눈을 떼지 않고 바라보았다.

아름답다는 생각이 들었다. 무술(武術)의 극의는 어쩌면 예술(藝術)에 닿아 있을지도 모른다는 생각이 들었다.

돌개바람처럼 휘돌며 적이건이 도강을 날렸다.

쇄애애앵!

엄청난 강기가 주위를 쓸며 지나갔다. 아슬아슬하게 강기를 피해낸 연삼이 검을 고쳐 잡았다.

두 사람의 싸움은 그야말로 박빙이었다. 적이건은 자신이 생각했던 것보다 훨씬 강했다.

'과연 회주와 관련이 있을 만하구나.'

연삼은 진심으로 적이건의 실력에 감탄했다.

'게다가 놈의 무공 근원이 마공이구나!'

연삼은 적이건의 내력이 마공과 닿아 있음을 알아차렸다.

오래 끌어서 좋은 싸움이 아니었다. 멀지 않은 곳에 놈의 창천문이 있었다.

'본신 무공을 사용하지 않고서는 제압할 수 없겠구나. 내키지는 않지만 할 수 없구나.'

연삼이 결단을 내렸다.

다시 적이건이 쇄도해 왔다.

연삼이 검을 회수했다. 가슴 앞으로 내민 그의 두 손이 서로 엇갈리며 몇 가지 모양을 만들어냈다.

뭔가 심상찮음을 느꼈는지 이전과는 비교할 수 없을 정도로 강력한 도강이 지옥도에서 쏟아져 나왔다.

동시에 연삼의 주먹에서 백색의 빛이 뿜어져 나왔다.

꽈르르릉!

어마어마한 폭음에 지켜보던 차련마저 뒤로 튕겨 나갔다.

차련이 벌떡 일어났다.

적이건이 나무에 기대서 있었다. 원래 있던 자리에서 한참이나 튕겨 나간 것이다. 반면 연삼은 그 자리 그대로였다.

"이건!"

차련의 외침에 적이건이 괜찮다는 시늉으로 한 손을 들어보였다. 하지만 적이건은 괜찮아 보이지 않았다. 핏물이 그의 입에서 흘러내리고 있었다.

적이건이 나직이 말했다.

"태을천강십사복마권(太乙天罡十四伏魔拳)!"

오래전 화산파 제일의 기재였던 청양자가 마공에 대항하기 위해 만들었다는 절세신권이었다.

적이건이 피를 슥 닦으며 말했다.

"거봐, 정파 늙은이 맞잖아."

연삼의 원래 이름은 종리권(鐘離眷)이었다. 적이건의 말은 반만 맞았다. 그는 화산 문도이면서도 화산 문도가 아니었다.

이십 년 전 정마대전 이후 그는 스스로 사문을 떠났다.

정마대전에서 장문이 죽은 후 한동안 그 자리가 공석이 되었다. 종리권은 자신이 새 화산파 장문인이 될 것이라 굳게 믿었다. 살아남은 사람 중에 가장 배분이 높은 것은 아니었지만, 무공이 가장 높았던 것이다. 어려서부터 화산제일기재란 소릴 듣고 자란 그였다.

하지만 몇 남지 않은 화산의 장로들은 새로운 장문으로 종리권의 사제를 선택했다.

종리권은 격분했다. 무엇으로 따지든 사제보다 못한 것이 없다고 생각했다. 장로들은 그의 급한 성격을 이유로 들었지만 사실은 종리권을 다루기 더 어렵기 때문이었다.

결국 그는 화산을 내려와 정도맹에 몸을 의탁했다.

그의 실력을 인정해 정도맹에서는 그를 중용했다. 세월이 지나 부맹주의 자리까지 오른 그였다. 물론 비연회와 인연이 되어 입회하게 된 것은 부맹주가 되기 이전의 일이었다.

정도맹 부맹주 종리권.

비연회의 셋째 고수 연삼.

그것이 진정한 그의 신분이었다.

"네깟 놈은 알지 못한다. 내가 어떻게 살아왔는지."

"그깟 시시한 인생, 알고 싶지도 않아."

연삼의 눈매가 사나워졌다.

적이건이 천천히 지옥도를 회수하고 군자검을 뽑아 들었다.

"실패한 인생이 아니라면 비연회의 눈에 띄지 않았을 거다."

"개소리! 비연회가 날 원한 이유는 내 실력 때문이다!"

"아니! 널 원한 이유는 오직 네가 탐욕스럽기 때문이야. 너는 그곳에서 정상적인 무인을 만나본 적이 있나?"

"뭐?"

순간 연삼은 대꾸할 말을 잃었다. 사실 그가 아는 비연회의 무인들은 대부분 문제가 있는 이들이었다. 광기와 집착, 허무와 탐욕으로 가득 찬 이들. 하지만 단 한 번도 그들과 자신이 같은 부류라 생각해 본 적이 없었다. 자신은 특별하다고 생각했다.

적이건이 금 간 그의 자존심에 쐐기를 박았다.

"뭔가 결핍되고 부족한 자들의 집합체. 비연회는 그 이상도 이하도 아니야. 그리고 넌 그들의 충실한 개일 뿐이야. 지키라면 지키고, 죽이라면 죽이고. 이젠 짖어봐!"

연삼의 분노가 폭발했다. 연삼이 땅을 박차고 날아올랐다.

"마귀 새끼! 이제 죽어라!"

동시에 적이건도 연삼을 향해 날아올랐다.

허공에서 연삼이 연이어 주먹을 내질렀다. 동시에 군자검이 빛을 뿜었다.

펑펑펑펑!

꽈지지직!

백색 강기가 물결을 이뤘고 마른하늘에 벼락이 쳤다.

두 사람이 교차하는 그 뒤로 햇살이 눈부셨다. 그렇게 두 사람이 스쳐 지나갔다.

두 사람이 동시에 바닥에 내려섰다. 적이건이 서 있던 자리에 연삼이 서 있었고, 연삼이 서 있던 자리는 적이건이 서 있었다.

두 사람 모두 미동도 하지 않았다.

먼저 입을 연 사람은 연삼이었다.

"벽력삼검… 천공봉뢰(天空鳳雷)!"

경악에 찬 연삼의 두 눈동자는 불신으로 흔들리고 있었다.

"어떻게 네가 그분의 무공을……."

"네가 모르는 것이 어디 그뿐이겠느냐?"

무정한 적이건의 대답이었다.

스르륵.

연삼의 인피면구가 반으로 갈라졌다.

인피면구보다 훨씬 나이 든 노인의 얼굴이 모습을 드러냈다.

찌이이이익.

연삼의 이마에서 시작된 붉은 실선이 좌우로 갈라지며 벼락 모양으로 턱까지 이어졌다.

그가 마지막으로 떠올린 것은 비연회주도, 부회주도 아니었다. 화산에 있을 자신의 사제였다. 왜 그가 떠오르는지 알 수 없었다. 그토록 미워했었는데.

파아아아아!

연삼의 얼굴이 갈라지며 피분수가 쏟아져 나왔다. 곧바로 꼬꾸라져 그대로 절명했다.

"후우."

적이건이 동시에 긴 한숨을 내쉬었다.

적이건이 차련 쪽으로 돌아서며 물었다. 언제나 변함없는 표정에 변함없는 물음이었다.

"괜찮아?"

네가 괜찮으면 난 괜찮아.

차련이 고개를 끄덕였다. 어찌나 숙녀검을 꽉 쥐고 있었던 지 손에서 쥐가 났다.

차련의 눈에 눈물이 맺혔다. 너무 무서운 싸움이었다.

적이건의 신형이 흐릿해졌다. 눈물 때문이라 생각했다.

그 순간!

"아악!"

적이건이 짤막한 비명을 내질렀다.

차련이 눈을 부릅떴을 때 무엇인가 알 수 없는 시커먼 연기 같은 것이 적이건을 감싸고 있었다.

"장난치지 마!"

차련은 가슴이 덜컥 내려앉았다. 장난이 아니었다. 적이건 을 휘감은 검은 연기는 그야말로 사악한 기운을 내뿜고 있었 다.

"이건!"

차련이 적이건을 향해 달려갔다.

"안 돼! 오지 마!"

연기에 싸인 적이건이 소리쳤다. 양팔을 벌린 적이건은 꼼 짝도 하지 못했고 얼굴은 고통으로 일그러져 있었다.

오지 말란다고 그냥 두고 볼 차련이 아니었다.

쉭쉭쉭!

차련이 숙녀검을 휘둘렀다.

연기가 닿자 숙녀검이 울기 시작했다.

우우웅—

서글프고 기분 나쁜 울음이었다.

차련은 느꼈다. 숙녀검이 그 연기를 싫어하고 두려워한다는 것을.

그래도 차련이 검을 휘둘렀다. 연기는 그저 연기일 뿐. 차련의 검에 베이지 않았다.

적이건이 고통스럽게 소리쳤다.

"달아나! 제발!"

적이건을 만난 이후 이렇게 고통스러워하는 모습은 처음이었다. 언제나 적이건은 웃기만 할 줄 알았다.·

차련이 뒤로 몇 발짝 물러섰다.

검은 연기는 마치 금방이라도 차련을 삼킬 듯 그 앞에서 넘실거렸다.

연기를 피해 뒤로 물러서는 차련의 두 눈에서 눈물이 뚝 떨어졌다.

곧이어 검은 연기가 하나의 형상을 만들어냈다. 놀랍게도 그것은 사람 얼굴이었다. 너무나 섬뜩한 얼굴이 입을 열었다.

"그들에게 전해라."

두 번 다시 듣기 싫은 역겹고 무서운 목소리였다.

"아들을 찾으려면 지옥으로 와야 할 것이라고. 크하하하하하!"

웃음소리와 함께 바람이 불어닥쳤다. 거짓말처럼 검은 연기가 사라졌다. 적이건도 연기와 함께 사라졌다.

믿을 수 없는 현실에 차련은 넋이 나갔다. 꿈이 아니란 것을 증명이라도 하듯 지옥도와 군자검이 바닥에 떨어져 있었다.

차련이 그 자리에 털썩 주저앉았다.

"이건—!"

『절대군림』 7권에 계속…

War Mage

워메이지
김재한 퓨전 판타지 소설

사람들이 인식하는 상식의 세계 이면,
짙은 어둠이 드리워진 그곳에 사는 괴물들이 있다.

문명이 드리운 그림자 속에서, 전투기계들과
인간의 사념으로부터 태어난 마물들이 격돌한다.
마법과 주술이 난무하는 초현실적인 전장,
소년은 그곳에 서는 대가로 인생을 잃었다.
운명의 노예가 되어 가족과 인성을 잃어버린 소년, 진유현.

총염(銃炎)과 검광(劍光)이 뒤얽히는
어둠의 거리에서, 운명의 족쇄를 끊고 나온
소년의 눈이 살의를 발한다.

유행이 아닌 자유추구 -
WWW.chungeoram.com
Book Publishing CHUNGEORAM

참마도 新무협 판타지 소설

鬼弓士

귀궁사

참마도 작가!! 그가 『무사 곽우』에 이어
다섯 번째 강호 이야기를 새롭게 풀어내다!!

"길의 중앙에서 멋지게 서서 당당히 걸어가래.
사람으로 태어난 이상 그 누구도 당당하게 살아갈 권리는 있다고 말이야."

단야의 오른손이 꽉 쥐어졌다. 별것도 아닌 말이다.
하나 이토록 마음에 남는 소리는 없었다.
사람으로 태어나서…….

요물, 괴물.
나이를 먹지 않는 월홍과 얼굴이 징그럽게 망가진 단야.
그들 앞에 펼쳐진 강호란……!

천추
공자

청산 新무협 판타지 소설

千秋
公子

운명을 뛰어넘는 담대한 도전!

황제마저 농락한 숭문세가의 공자 문천추(文千秋),
용문에 이르기 전까지 그는 시문과 서화를 즐기며 대하를 누비는
한 마리 커다란 잉어였다.
그러나 운명은 그를 용문(龍門) 앞에 이끌었다.
용문의 드센 물살을 거슬러 올라 용(龍)이 될 것인가,
아니면 용문점액의 상처를 입고 추락할 것인가.

죽음의 하늘 사중천(死重天)!
오로지 파괴와 살육만을 일삼는 사마악(邪魔惡)의 결집체.
사중천의 어둠은 태양마저 가리며 천하를 뒤덮는다.
마침내 죽음의 하늘과 맞서는 용 울음소리.

천추(千秋)에 빛날 문무제일공자의 호쾌한 행보가 시작되었다.

유행이 아닌 자유추구 -
WWW.chungeoram.com
B O O K   P u b l i s h i n g   C H U N G E O R A M

少林棍王
소림
곤왕

한성수 新무협 판타지 소설

감동의 행진을 멈추지 않는 작가 한성수!

구대문파 시리즈의 두 번째 이야기 『소림곤왕』!!
그 화려한 무림행이 펼쳐진다

"너는 지금부터 날 사부님이라 불러야만 하느니라.
소림사의 파문제자인 나, 보종의 제자가 되어서 앞으로 군소리없이 수발을 들고 모진
고통을 이겨내며 무공 수련을 해야만 한다."

잡극계의 천금공자 엽자건!
소림의 파문제자 보종의 제자가 되다!!

역사와 가상.
실존의 천하제일인과 가상의 천하제일인에 도전하는 주인공!
이제부터 들어갑니다. 부디 마음껏 즐겨주시기 바랍니다.
– 작가 서문 中에서.